あん

ドリアン助川

あん

一

どら焼きのどら春。

千太郎は日がな一日鉄板に向かっている。

店は、線路沿いの道から一本路地を抜けた桜通りという名の商店街にあった。まばらに植えられた桜より、閉じられたシャッターの方が目立つ通りである。それでもこの季節は花に誘われるのか、行き交う人の数は若干増えるようだった。

道端で立ち止まっていた高齢の女性に気付いた時、千太郎は粉を練るボウルにすぐ目を戻した。店の前には桜がある。満開で、小さな雲のごとく沸いていた。千太郎はてっきり花を見ている人だろうと思ったのだ。

ところが次に千太郎が顔を上げた時も、白い帽子のその女性はまだそこにいた。しかも桜ではなく千太郎を見ているようだった。千太郎は反射的に会釈をした。すると女性は、どこかに硬さの残る笑みを浮かべ、ゆっくりと近付いてきた。

千太郎には見覚えがあった。数日前、この人は一度客として来ている。

「これ」

女性はおもむろにガラス戸の貼り紙を指さした。鉤《かぎ》のように曲がった指だった。

「本当に年齢不問なの？」

千太郎はゴムべらを握る手を止めた。

「誰か、お孫さんでも？」

返事をせずに、女性は片目だけを瞬《しばたた》かせた。

風が抜けた。桜が揺れた。ガラス戸を越え、花びらが鉄板の上に落ちてくる。

「あのね……」

女性は身を乗り出した。

「私、だめかしらね」

千太郎は「はあ？」と訊き返した。彼女は自分の鼻を指さしている。

「こういう仕事を、してみたかったのよ」

失礼と感じる間もなく千太郎は笑っていた。

「おいくつですか？」

「満で七十六」

傷付けないようにどう追い返すか。千太郎は言葉を探しながら、ゴムべらの先を

上下させた。

「あの……うち、安いんですよ。今時、六百円ですから」

「はあ？　なんと？」

女性は耳に手をやった。

千太郎は身を屈《かが》めた。子供や年寄りにどら焼きを渡す際の姿勢だった。

「うちは時給が安いんですよ。人の手は借りたいんだけど、お歳を召された方にはちょっと……」

「ああ。これね」

曲がった指が貼り紙の字をなぞった。

「時給は半分でいいのよ。三百円で」

「三百円？」

はい、と帽子の下で目が緩んだ。

「いやあ……やっぱりちょっと、無理だと思うんで。すいません。勘弁して下さい」

「私、吉井徳江といいます」

「え？」

耳が遠いのか、この高齢者はなにか勘違いをしたようだった。千太郎は胸の前で手を交差させ、バツ印を作った。

「ごめんなさいね」

「はあ、そう?」

吉井徳江はそのままじっと千太郎の顔を見た。左右の形が異なる目だった。

「けっこうな肉体労働なんで、やっぱりちょっと……」

空気でも飲むかのように吉井徳江は口を開き、続けていきなり自分の背後を指さした。

「この桜、誰が植えたの?」

「はあ?」

桜に顔を向けたまま、徳江はまた「この桜」と言った。

千太郎は盛り上がった花々を見上げた。

「誰って?」

「誰かが植えたんでしょう?」

「すいません、ここで育ったわけではないので」

徳江はなにか言いたげな顔をしたが、千太郎がゴムべらを持ち直したのを見ると、

「また来るわね」とガラス戸の前を離れた。駅とは反対の方へ歩いていく。関節が突っ張っているような、ぎこちない歩き方だった。千太郎は目を逸らし、粉練りの作業に戻った。

二

どら春には定休日というものがなかった。午前十一時を過ぎれば、毎日シャッターが開く。

千太郎が調理着に腕を通すのは、たいていその二時間ほど前だ。そこから仕込みを始めるのだから、ずいぶんと遅い。本来それでは切り盛りできるはずがなかった。だが、どら春にはどら春なりのやり方があった。

たとえば今朝もまた、千太郎は眠気覚ましの缶コーヒーを飲むと、配送されてきた段ボール箱を足で押して厨房《ちゅうぼう》に移動させた。粒あんの入ったポリ缶をそこから取り出し、昨日までの残りのあんと混ぜていくのだ。

違法というわけではないが、まともな菓子屋ならまずやらない作業だった。あん

は冷凍すれば保存が効く。短期間なら香りも品質もさほど変わらない。この店はあんのその性質に頼り切っていた。

どら春で使用しているあんは、先代の大将の頃から業務用のそれと決まっていた。懇意にしている業者が、中国製のものを五キロずつ届けてくれる。

つぶれはしないが、決して賑《にぎ》わうことのない店、それがどら春だった。ポリ缶ひとつ分のあんが一日ではけることなどまずなかった。必ず余りが出る。冷凍保存されたあんは、翌日か翌々日、あるいはさらにその翌日、こうしてシャッフルされる。新旧のあんをこね合わせたあと、千太郎は生地の仕込みに入る。これを届けてくれる業者もないわけではなかったが、高くつくので自分でこしらえている。

生地の材料を盛り、ボウルで練る。平鍋《ひらなべ》と呼ばれる鉄板に火を入れる。どらサジで生地を垂らし、焼き上げ、どら焼きの皮として保温ケースに並べていく。これでだいたい開店時間になる。溜め息をひとつ吐き、千太郎はシャッターを内側から開ける。そこで気合いを入れるわけでもなく、表情を変えるわけでもない。

午後、千太郎が厨房の椅子に腰かけ、コンビニの弁当をつまんでいる時だった。ガラス戸の向こうに白い帽子が現われた。

「婆さん……」

笑顔を向けてくるので、千太郎は仕方なく腰を上げた。

「えーと、吉井さんでしたっけ?」

白い帽子の下で、しわだらけの顔が「はい」と答えた。

「なにか?」

吉井徳江は手提げ鞄のなかから、一枚の紙を取り出した。青いインク文字がそこにあった。癖のある字だった。一画ずつ跳ねるように躍っている。

「漢字ではこう書くのよ、私」

「はあ」

千太郎はちらりと見ただけで、「すいません、バイトは無理なんで」と紙を押し戻した。徳江は曲がった指で受け取ろうとしたが、そのままそっと手を引いた。

「見ての通り……指が少し不自由なのね。だからこの間の話よりも安くていいの。二百円でいいわ」

「なにがですか?」

「時給」

「いや、そういうことじゃなくて」

うちじゃ雇えません、と千太郎は繰り返した。すると前回と同じように、徳江はただじっと千太郎の顔を見た。千太郎は一歩下がり、ケースのどら焼きに手を伸ばした。ひとつ包んで、帰ってもらおうという算段だった。

するると、見透かされたかのようにいきなり問われた。

「あんもお兄さんが作ってるの?」

「あ……それはまあ、企業秘密というやつで」

そう切り返したものの、千太郎ののど仏はおそらく縦に泳いだ。もしやと振り返る。

調理台にはコンビニ弁当とともに、粒あんのポリ缶がそのまま置かれていた。しかもふたが開いてスプーンが刺さったままだった。千太郎は徳江から調理台を隠そうと体を横にずらした。

「私、この間ここのどら焼きをいただいて、皮はまあまあだと思ったのよ。でも、あんがちょっと」

「あんが?」

「そう。作った人の気持ちが感じられないあんだった」

「気持ちが、ですか?　おかしいな」

そんなもの最初からないとわかっているくせに、千太郎は心外なことを言われたという顔をしてみせた。

「なんか、だらーっとして」

「あんは難しいんですよ。お婆……吉井さんはあんを作ったことあるんですか？」

「ずっと作ってきたの。もう五十年も」

紙袋に入れようとしていたどら焼きを、千太郎はあやうく落とすところだった。

「五十年？」

「そう、半世紀。あんは気持ちよ、お兄さん」

「はあ……気持ちねえ」

どら焼きの包みを徳江に差し出しながら、千太郎はふいの風に一瞬巻かれたような気分になった。

「でも……すいません。やっぱりうちじゃ雇えないんで」

「そう？」

「申し訳ないです」

徳江は左右の形が違う目でまたじっと千太郎を見たが、ややあって、手提げ鞄から布製の財布を取り出した。

「お代はいいです」

「なんでよ」

ガラス戸のミニカウンターに徳江が硬貨を並べていく。その指がみな少しずつ曲がっていた。親指は手の甲の方に向かってねじれている。

「百四十円でいいのね」

不自由な指先で挟むので、百円玉一つと十円玉四枚が揃《そろ》うまでに時間がかかった。

「あのね……お兄さん」

「はあ」

「これ、ちょっと食べてみて」

手提げ鞄から出てきたのは、円柱形のタッパーだった。ビニール袋越しだったが、なかに詰められた黒いものが千太郎の目に留まった。

「なんですか、これ？」

千太郎がタッパーを手にしている間に、徳江は店前を離れていた。

「これ、なんですか？　あん？」

すでに歩きだしていた徳江は体をひねってうなずき、通りの角に消えた。

三

その夜、千太郎は駅前のそば屋で銚子《ちょうし》を傾けた。天婦羅《てんぷら》を肴《さかな》にぬる燗《かん》をやり、かけそばをすする。すすりながらまた飲む。そうしながらも千太郎は、昼間のあれこれを振り返っていた。

徳江が去ったあと、千太郎はタッパーをそのままゴミ箱に放り入れたのだ。呵《か》責《しゃく》がなかったわけではないが、手を出そうという気にはならなかった。だが、ゴミ箱のふたを開けるたびにどうも目に入ってしまう。しばらくして、千太郎はそれを引き揚げた。わずかでも味わえば、年寄りへの義理が立つような気がした。ところがその一口で、千太郎は「うん?」と眉を動かすことになった。

徳江のあんは、ポリ缶のものとはまったく違っていた。香りも甘味も奥が深く、予想外の広がりがあった。

「五十年か……」

しばし立ち尽くすことになったその味わいを振り返りつつ、千太郎は猪口《ちょこ》を唇につけた。

しまう。

「俺が生まれる前から」

千太郎は壁に貼られた品書きに目をやった。そば屋の店主の手によるものだ。いつもそうなのだが、毛筆で書かれたその文字を見ると、千太郎は母親を思い出してしまう。

「あの婆さん……おふくろぐらいかな」

卓袱台《ちゃぶだい》に便箋を広げ、筆で器用に手紙を書いていた丸く小さな背中が千太郎の脳裏に浮かんだ。

いつもなら、千太郎はここで思いを断ち切る。とうに死んでしまった母親や、もう十年も会っていない父親のことは努《つと》めて考えないようにしている。

だが、この夜はそれができなかった。幼い頃、文章の手ほどきをしてくれた母親が目の前に何度も現われた。

「まったく……」

千太郎は酒臭い息を吐く。

先は読めないものだとつくづく思う。

物書きを志していたはずの自分が結果的に辿《たど》ってしまった道。コンクリートの塀のなかから出てきた時、母親はもうこの世にいなかった。そしてここ何年かは、か

って一度も想像しえなかった日々を送っている。どら焼きの鉄板の前に立ち続けているのだ。

千太郎は猪口に酒を注いだ。苦くなった舌を洗うように辛口のそれをきゅっと呷《あお》った。

記憶のなかの母親。

穏やかな言葉があった反面、不安定な胸のうちを隠さない人でもあった。父親と派手にぶつかったり、親戚の者と言い争いをして泣いたり喚《わめ》いたりするようなところがあった。子供だった千太郎はその変化が恐かった。だから、甘いものが好きだった母親が饅頭《まんじゅう》やケーキを前に機嫌良くしている時は千太郎もまた平和を感じられた。その菓子がいつまでも卓袱台にあればいいなと願った。「おいしいねえ、千ちゃん」と笑みを浮かべていた母親が好きだった。

吉井徳江の極上の粒あん。もし母親が生きていてあれを味わったとしたら、どんな顔をしただろう。なんと言っただろう。

ああ、それなら……。

喜ぶ人がいるかもしれない、と千太郎は思った。

それに、と千太郎は付け加える。

「時給……二百円」

本当だろうか。

もしそれでいいなら……少し手伝ってもらおうか。

千太郎はその可能性を考えた。

店先にアルバイト募集の紙を貼ったのは仕事の忙しさからではない。どら焼きに話しかけてもなにも返ってこないからだ。千太郎はつまり、誰かにいて欲しかった。

婆さん、本当に二百円でいいのかな？

千太郎は酔った頭でそろばんを弾《はじ》いた。吉井徳江が言いだしたその額なら、ただで使うようなものだ。しかもあの粒あんだ。売上を伸ばせるかもしれない。そうなれば毎月の返済額を増やせる。解放される日を前倒しにできる。

でも……と、千太郎はそこで猪口を持つ手を止めた。

あの指がどうも気になるのだ。徳江の曲がった指が目の前にちらつく。おそらく、客も気付けば一様にひくだろう。

そこでふいにアイデアが閃《ひらめ》いた。

それなら、あんさえ作ってもらえればいいのではないか。

うん、と千太郎はうなずいた。

作るだけ作ってもらえればいい。その間にあん作りのノウハウを盗めるかもしれない。あの年齢なのだ、どのみち疲れ果ててやめていく。

「客の前に出なきゃいいんだ」

千太郎は不用意にそうつぶやいた。他のテーブルで客と話していた店主が振り向いた。奥が狭まったような目で千太郎を見ている。千太郎は首をすくめ、「お酒ください」と銚子を持ち上げた。

四

数日後。

千太郎が鉄板から顔を上げると、白い帽子の高齢者がまた桜の下に立っていた。千太郎の方を見て微笑んでいる。

「こんにちは」

声は千太郎の方からかけた。徳江は帽子の下で歯を見せて笑った。いつものぎこちない足取りで、左右に揺れながらやってくる。

「すっかり花が散っちゃったね」

「本当ですね」

千太郎もいっしょに桜を見上げた。

「お葉見の頃合ね」

「お葉見？」

「葉っぱが一番きれいな時よ。ほら、あのへん」

千太郎は徳江が指さす方を見た。梢《こずえ》にそって、ふくらんだ若葉がそよいでいる。

「みんな、手を振ってる」

言われてみれば、そんなふうに見えなくもないと千太郎は思った。重なり合って揺れている葉が、子供たちの手の連なりのようだ。千太郎は相槌《あいづち》を打ちながら、あらためて徳江に向き直った。

「吉井さん」

「はい」

「いただいた粒あん、おいしかったです」

「ああ、食べてくれた」

「それで、もし良ければ、手伝いにきてもらえませんか？」

あ？　と徳江は首を伸ばした。

「ここで粒あんを作ってくれませんか？」

「はい。え？　いいの？」

口を半開きにして、徳江は千太郎を見た。

「ただし製あんだけでいいので。接客はけっこうです」

「そう？」

じっと見返されたので間ができたが、千太郎は手招きし、徳江にカウンター席の方へ回ってもらった。椅子に腰を下ろした徳江は帽子をとった。地肌の透《す》けた白髪頭が現われた。

「鍋の上げ下げとか大丈夫ですか？　けっこう重いですよ。製あん、体力がいるんで」

「鍋はお兄さんが持ってよ」

はあ、まあ。

受け流しながら、千太郎は徳江の手を見た。組まれたその手は、指の湾曲がわからないようにうまく重ねられていた。

「木べらを握ったりとか、できます？」

「はい」

「失礼なんですけど、その手、どうされたんですか？」

「ああ、これね」

組んだ手にぎゅっと力が入れられたようだった。千太郎にはそう見えた。

「若い時に病気して、後遺症でこうなっちゃったの。迷惑はかけないと思うけど、まあ、見た目がねえ」

「だから、あんさえ作ってもらえればそれでいいですから」

「でも私、本当に働けるのね」

徳江は顔全体を持ち上げるようにして笑った。すると右頬が引き攣《つ》った。肌の下に硬い板かなにかを隠しているような顔だと千太郎は思った。左右の目の形が異なって見えるのは、これのせいかもしれなかった。

「それで……お兄さんのお名前は？」

今度は千太郎が尋ねられた。

「辻井千太郎といいます」

「つじいせんたろう？　いい名前ね。俳優さんみたいね」

「いや。そんなんじゃないです。自分なんて……」

徳江が書いてくれというので、千太郎はメモ用紙に名を記してみせた。

「そうしたらお兄さんのことは……辻井さん、それとも店長さん？」

「どっちでも」

「それなら……店長さん。ここのあんは店長さんが炊いているの？」

「え……まあ」

いきなり首の後ろをつかまれたようで、千太郎は言葉に詰まった。

「いや、あの、正直なことを言うと……自分でやってもうまくいかないんですよ。焦げ臭くなっちゃうような時もあるし」

はあ、そうね。と徳江はまるでその理由がわかっているかのような表情で鍋やコンロに目をやった。千太郎はその視線を遮《さえぎ》るように、徳江の前に立ってお茶を出した。

「五十年、どこでやられていたんですか？　和菓子屋で？」

「私は……あの」

「御家庭で？」

そんなことはどうでもいいと千太郎自身が思っていた。さらに言うなら、この高齢者が吉井さんでも吉田さんでも構わなかった。

この人に上質な粒あんを作ってもらえればそれでいい。売上が増えれば、返済する額を増やせる。

千太郎が考えていることはそれだけだった。だから千太郎は、自分のこれまでについては訊かれたくなかった。ところが徳江も一筋縄ではいかない。

「私、いろいろとあったから……話すと長くなるから」

「はあ、まあ、そうでしょうね」

「それで、店長さんはここの社長さんなの？」

「いえ、バイトの延長みたいなもんです」

「他にいるの？　社長さん」

「先代の大将がここを作ったんですけど。今は大将の奥さんがオーナーになって」

「じゃあ、あまり責任のない立場なのね」

「そういうことでもないですけど」

「私、その奥さんにも挨拶をしないとだめ？」

「それが今、奥さんは体悪くて、週に一度来るかどうかなんです。いずれまた」

徳江の顔がそこで一瞬ほっと緩んだように千太郎からは見えた。

「その大将さんは？」

「亡くなったんですよ」

「まあ、そうだったの」

言葉が途切れた徳江に、千太郎はメモ帳とペンを差し出した。

「あの、お婆……、吉井さんのフルネームと連絡先を、ここに書いてもらえます?」

徳江はメモ帳に目を落としたまま、絞ったように固まってしまった。「指がね……」と躊躇《ちゆうちよ》している。

さっそくこういうことになるのかと、千太郎は目をつぶりたくなった。だが、ややあって徳江はペンを取った。一画ずつ丁寧に書いていく。千太郎が以前見せられた青インクの文字と同じく、そこには独特の癖があった。書き終わるまでに時間がかかった。

「電話番号は? 携帯は持ってませんか?」

「それが、電話はないのよ、私。手紙で充分なの」

「そういうことじゃなくて……」

「大丈夫、私、遅刻はしないから。小鳥よりも早く起きているの」

「いや、だから、そういうことじゃなくて……」

メモ用紙には市のはずれの町名が記されていた。頁《ページ》何枚をも貫いて跡が残るほど、力《りき》みの感じられる文字だった。千太郎はその住所を見ながら、どこかに引っかかりを覚えた。だが、それがなぜなのかはわからなかった。

五

秒針が時を刻んでいく。

千太郎は布団の上に両手を出し、暗い天井を見つめていた。横になる前にウイスキーを啜《すす》ったのだが、なかなか寝付けない。

千太郎は首をひねり、枕元の目覚まし時計に手を伸ばした。アラームのボタンがONになっているかどうか、じかに触って確かめてみる。

吉井徳江のバイトは翌朝からだった。二日に一度、粒あんを作りに来てもらうことになった。遅刻をするわけにはいかない。だから千太郎は普段よりもずっと早く床についたのだ。

婆さん、いったい何者なんだろう。

あんを作ってもらうだけだと割り切っていても、千太郎はなぜか気になった。

耳が遠いせいか、吉井徳江はたまにとんちんかんなことを言う。でもそれは、徳江の人となりにはあまり関係ないことのように千太郎には思えた。やわらかく微笑んでいるようで、徳江の目の奥には時折強い光が現われた。押し込むように千太郎を見る。

住所を書いてもらったあと、千太郎は徳江に店のやり方を打ち明けた。あんはずっと業務用を使ってきたこと、仕込みは開店二時間前からであることなどを話したのだ。徳江はすると、「どうしてよ」と声を一瞬大きくした。

「できたてのあんを使いたいなら、お天道様《てんとう》が顔を出す前には始めないと」

「でも、電話をすればあんは持ってきてもらえますから」

「なにを言ってるの？　あんが命でしょ、店長さん」

「はあ……まあ。だから吉井さんに来てもらおうと」

「店長さんがお客なら、並んででもこの店のどら焼きを食べたいと思う？」

「あの……いえ」

千太郎はけっこうな勢いで捲《まく》し立てられた。店長さんとは呼んでもらえるものの、言い返すことがほとんどできなかった。

結局、千太郎は徳江の指図に従うことになった。仕込みは午前六時から。この時間には千太郎が厨房に入り、小豆《あずき》を茹《ゆ》で始める。徳江は始発のバスで追っかけ参加する。

面倒なことになったと、千太郎は天井に向かって長い息を吐いた。

どら春での千太郎の無休労働は、今年で四年目になる。だが、そんな早朝から働いたことは一度もなかった。

なぜあの婆さんを受け入れてしまったのか。

しかも婆さん、最初のイメージとは違って意外と口やかましい。

「なんだよなあ……ったく」

まだ一緒に働く前だというのに、千太郎はすでにうんざりしていた。

溜め息の理由はもうひとつあった。オーナーである奥さんにどう伝えるべきか。

ここである。

大将が逝って以来、奥さんもまた方々の調子を崩していた。帳簿のチェックなどで店に来る時はひどく愛想のない顔で入ってくる。糖分が強いからとどら焼きも口にしなくなった。もともと神経質なところがあり、衛生状態を必要以上に気にする。

掃除の仕方をめぐって千太郎は何度も叱られている。

千太郎は過去に一度だけ男子学生を雇ったことがあった。自分に相談がなかったと、奥さんからは皮肉を言われ続けた。おまけに彼が店の裏で煙草を吸っているところを見られてしまった。奥さんからはもちろん電話があった。店が臭くなったらどうするのかといきなり怒鳴られた。そして「バイトを決める時は私も立ち合うからね」と釘を刺された。

吉井徳江のことはしばらく黙っていよう。

寝返りを打ちながら、千太郎はそう決めた。どだい、あの不自由そうな手で務まるのかどうか、それすら見えていないのだから。

千太郎は天井に向かって舌打ちをした。

今度は、店にたむろする女子中高生たちの顔が浮かんできたからだ。

彼女たちは大勢でやってきて、椅子が五つしかないカウンター席を占拠して騒ぐ。おまけに食べ散らかしていく。

ついこの間は、どら焼きの皮に桜の花びらが入っていたと文句をつけてきたのがいた。テークアウトの客が大半なので、どら春のガラス戸は開け放たれている。桜の季節は、そこから花びらが入ってくる。たまに、焼成中の生地に紛れ込む。

その時は千太郎が詫びた。その子に新しいどら焼きを進呈した。すると周囲が黙

っていなかった。自分のどら焼きにも花びらが入っていたと、大人をからかう口調で騒ぎ立てた。なかには携帯を取り出し、「どら焼き食べ放題だよ」と触れ回る子もいた。

婆さんの指を見たら、あの子たちはどんな反応をするだろう。いや、婆さんこそ、あの子たちの狼藉《ろうぜき》ぶりをどう受け止めるだろう。

いろいろ面倒だなと千太郎は思う。寝返りが止まらない。

「まったくあいつら、花びらが入ってたからって……なんだってんだ」

千太郎は布団のふくらみをどすんと殴りつけた。それから再度、目覚まし時計に手を伸ばした。

六

翌朝、千太郎はわずかに遅れた。桜の木の下にはすでに吉井徳江が立っていた。千太郎が謝ると、徳江は「ちっちゃいさくらんぼ、できてるね」と頭上の梢《こずえ》を指さした。

「バス、あったんですか。こんな時間から」

「いいの。気にしないで」

徳江がそのまま店の裏口に向かったのでうやむやになったが、バスはまだ動いていないはずだった。

厨房に入ると、昨晩から水に漬けておいた小豆がボウル一杯にふくらんでいた。一粒ずつが光って、調理台まわりの雰囲気を変えていた。食材というよりも、なにかの生き物の群れを見ているかのように千太郎には感じられた。「ああ、いいね」と、徳江はボウルに顔を近付けた。

小豆は帯広産や丹波産のように名の通ったものではなかった。客単価からして、国産のブランド豆は使えない。それなら知られたものでなくてもいいから他の豆を試してみたいと、これは徳江の希望だった。面倒臭さが先に立ったが、千太郎は業者に頼み、まずカナダ産の小豆を持ってきてもらった。

小豆の量は、一回の製あんにつき二キロを目安とした。一晩水に漬けたことで重量は倍を超え、四キロ強になっている。手順としてはこれを炊いた後、重量比七割分のグラニュー糖を含むシロップで煮立てる。すると粒あんの総量は七キロ弱になる計算だった。

目分量ではあるが、どら焼きひとつあたりの粒あんを二十グラムと仮定すると、三百三十個から三百四十個ほど作れる計算になる。ただ、業務用の五キロでさえ一日では捌《さば》けないのだから、その量では複数日の消費になるのは間違いなかった。

茹でる前に……と、徳江はつぶやき、小豆の一粒ずつを丹念に見始めた。

「店長さん、浸す前にちゃんと見た？」

「なにをですか？」

「小豆よ」

いいえ、と千太郎は首を横に振った。

「向いてない豆もあるからね」

曲がった指で徳江は小豆をすくっていく。そして幾粒かを取り出し、それをてのひらに載せて千太郎に見せた。表皮の偏《かたよ》りが硬くなって残っていたり、すでにはじけて割れているような小豆だった。

「外国の豆は選別が悪いかもしれないから。慎重にね、店長さん」

小豆に対する徳江のこの態度は、千太郎には馴染《なじ》みのないものだった。徳江は小豆に顔を寄せる。その距離が近い。まるでそれぞれの豆に念を送っているかのよう

な姿だった。

小豆をコンロにかけてからも、徳江の姿勢は変わらなかった。和菓子屋では、あんを炊く専用の銅鍋をサワリと呼ぶ。千太郎はこれまでに何度かあん作りを試したことがあるのだが、そうした時は小豆が柔らかくなるまでサワリを火にかけ続けた。

徳江は違った。まったく別のやり方だった。

まず、沸騰しそうになればすぐに水を差す。何度もそれを繰り返したあとで、一度小豆をザルにあけ、煮汁を捨てる。そして再度小豆をサワリに戻し、今度は新しいぬるま湯に浸した。渋切りという作業だと徳江は言った。豆のアクや渋みがこの作業で洗い流されるらしい。そして小豆を壊さないように木べらを回しつつ、弱火でじっくり煮込んでいく。そのすべての段階において、徳江は湯気をかぶるほどに顔を近付けていた。

なにを見ているのだろう。小豆になにか変化でも起きるのだろうか。千太郎もまた一歩前に出て、湯気に霞《かす》む小豆に目をやった。だが、意味のありそうな変化は捉えられなかった。

不自由な手で木べらを持ち、小豆に見入る徳江。その横顔を千太郎は盗み見た。

この人とやっていく以上、同じような熱意を要求されるのだろうか。そう考えるだけで、千太郎はげんなりしてしまう。

だが、自分でもその理由がわからないまま、千太郎もいつしかサワリの小豆に見入っていた。煮汁をかぶりながら揺れ動く小豆。そこに型崩れした小豆は一粒もなかった。

煮汁が若干残っているところで徳江は火を止め、サワリにまな板をのせた。こうやって蒸らすのだという。千太郎の知らなかった段取りばかりだ。「色々とややこしいですね」と千太郎が漏らすと、徳江は「おもてなしだから」と言った。

「客を?」

「違う。豆よ」

「豆?」

「せっかく来てくれたんだから、カナダから」

徳江はそう長い時間をかけず、まな板をはずした。小豆をじっと見つめ、サワリに冷水を注いだ。さらしの作業だという。水が澄んでくるまで何度も小豆を浸し、指先で撫でた。顔を寄せたままだ。砂金掘りでもしているような姿だと千太郎は思った。

「この店でこれだけ一生懸命になった人は、かつていないですよ」

「いい加減にやると、これまでの手間が全部無駄になるもの」

千太郎はただ腕組みをして見ているしかない。

「しかし……ずっと気になっていたんですけど、なにがその、見えるんです？」

「え？」

「そんなに顔を近付けて、小豆のなにを見てるんですか？」

「やれることをやってるだけ」

「やれること？」

「店長さん、さあ、鍋を持って」

千太郎は徳江と場所を入れ替わり、サワリを両手で持ち上げた。シンクに置いたザルにあけていく。水気が切れ、炊きあげられた小豆が姿を現わした。

「お……綺麗だ」

千太郎は身をのり出した。はっきりと技量の差がある。それを認めざるを得なかった。ここまで煮ているのにどの豆もぴんと張っていた。しわが寄っていない。これまでの千太郎のやり方では、小豆はたいていその多くが腹割れを起こし、中身のでんぷん質を吹き出していた。一方で、目の前の小豆は光るがままに炊かれている。

整然として、一粒ずつが輝いていた。

「こんな仕上がりになるんですね。知らなかった」

千太郎が見とれていると、徳江は肩をすくめるようにして笑った。

「仕上がりって？　店長さん、本当にあんを作ったことあるの？」

「作ろうとは……したんですけどね」

「それなら、勉強しないと」

ここから先は千太郎の手でやることになった。まずは、生あんに甘みを含ませるシロップ作りである。空になったサワリに二リットルの湯を注いで沸騰させる。そこに二キロ半のグラニュー糖を溶かし入れる。

徳江はすぐ横にいて、その勘所を説いていく。

砂糖粒が見えなくなっても、シロップはゆっくり掻《か》き混ぜ続けること。必要以上に沸騰させないこと。茹で上がった小豆を入れる際は丁寧に。火の加減に極力気をつける。

そのそれぞれを千太郎はなんとかやりこなし、いよいよ小豆とシロップを練り合わせる作業に入った。

「ここが肝心よ。すぐに焦げるから」

徳江は「へらの先は鍋底に付けたまま」と千太郎が耳にしたことのない技術を伝えてくる。そうしながらもサワリに塩を投下する。

「とにかく、ここで焦げたら終わりだから」

「へらは立てて」

「素早くやる」

「そんなに忙しく動かしちゃだめよ」

へらの持ち方から角度に到るまで細かい指示がどんどん出てくる。熱いものを前にしているのだから当然だが、千太郎の額や首筋にはそれ以上に汗が吹き出していた。

だが、たしかにこの人の言う通りなのだと千太郎は思った。

千太郎はあん作りを試みた時、いつもここで失敗した。糖を含んだ練り物とあって、底が焦げ付きやすくなっている。それを避けようと弱火でとろとろやると、今度は時間をかけた分だけ粒あんの質感が損なわれた。見た目も歯触りもいい粒あんを作るためには、やはりある程度の火力で水分を飛ばしつつ、しかしどこにも焦げを作らないよう、木べらをここぞというタイミングで動かす大胆さが必要だった。

額の汗を調理着の袖でぬぐいながら、千太郎は木べらを躍らせた。すると意外な

ところで「もういいよ、火を止めても」と声がかかった。

「まだ、どろどろですよ」

「これぐらいがいい。ここがタイミング」

「ちょっと……これじゃ」

サワリのなかのものは、あんと言うにはまだ柔らか過ぎた。製あんが苦手だとはいえ、千太郎にはあんを盛る感覚だけはあった。この柔らかさでは皮で挟んだ時にあんが流れ出てしまう。

ところが、火を止めて木べらを使ううち、柔らか過ぎると思っていた粒あんが徐々に質感を持ち始めた。徳江はまな板の上に布巾《ふきん》を広げた。

「これでまたしばらく放っておくのよ。蜜漬けというのね。そのあとで、この上にへらですくって並べていくの」

「なにを?」

「今、店長さんが練ってるあん」

どうやって?　とまごつく千太郎から徳江は木べらを取り上げた。

「店長さん、ちょっと休憩しましょう」

七

蜜漬けの間、千太郎は徳江から手順をノートに書き付けるように言われた。「見て覚えますから」と答えると、「だったら最初からちゃんと言ってみて」と迫られ、仕方なくメモ帳を開いた。

「店長さん、自信家ね」

「いや、そんなんじゃないです」

「自信があるからメモしないのよ。でも、お菓子は細かいところが大事なの。書かないでどうやって覚えるの？」

「はあ」

首を引っ込めた千太郎に、徳江はあらためて水漬けからの手順を教えた。

「こんなこと、どこで教わったんですか？」

「長くやってきたから」

「五十年ですもんね」

「ここのお客さんも、私みたいな年寄りが多いんでしょう」

千太郎は首を横に振った。

「中高生の女の子たちがにぎやかで。うるさくていやになりますよ」

「まあ……そういう子たちが」

徳江の顔にぱっと赤みが差した。

「うるさいぐらいの若い子、いいじゃないの」

「客だから我慢しますけど」

「私、その子たちに会えるのね」

いや……。

拒む言葉が浮かんだが、千太郎はそれを口にしなかった。ただ、製あんが終わったら帰ってもらうと決めたことに変わりはない。それは譲れないことだと千太郎は思った。

徳江はサワリを覗き、蜜漬けされた小豆を木べらで練りだした。

「ちょうどいいぐらいね」

木べらで粒あんをすくい、布巾の上に直接置いていく。

「こんなことをするんですか?」

「まだ汗をかいてるから、こうやって吸い取ってやるの。そうしたら冷めた頃に、

立派な粒あんになる」

木べらの動きに合わせ、あんから湯気が立ちのぼる。布巾に盛られたあんの表面はてらてらと光り、角のとれた深い香りが厨房全体に満ちていく。

「あとは店長の焼く皮が、これと合うかどうかよね」


千太郎は熱した鉄板の上に、どらサジで生地を垂らしていった。

生地は三同割と呼ばれるオーソドックスな材料配分からできていた。生前の大将が唯一きちんと教えてくれた仕込みがこれだった。卵、上白糖、薄力粉。これら三つをそれぞれグラム単位で等分に配合し、練っていく。若干の重曹や味醂《みりん》を加えたり、水分を加えて粘度を調節したりはするが、この三同割の配分は一年を通じて変わらなかった。理屈抜き、単純明快とあって、慣れれば誰にでもできる仕込みである。

問題は焼成だった。今川焼など、あらかじめ型の抜かれた焼き台とは違い、どら焼き屋は平鍋という鉄板を使う。その上で大きさと厚みをきちんと揃え、リズミカルに焼いていくこと。職人はみな楽にやっているように見えるが、駆け出しには相当に難しい作業だった。水分調節のちょっとした加減で大小の差ができてしまうし、

そもそも垂らしたものが正円に焼き上がるとは限らない。しかもやっかいなことに、ひっくり返すタイミングを誤れば生地はすぐに焦げ付いた。

この日初めてまともなあん作りを知ったことが影響したのか、あるいは徳江がずっと横に付いているという緊張感があったためか、千太郎は生地をうまく焼くことができた。まん丸なものばかりが揃った。千太郎にしては珍しいことだった。

開店まであと十五分だった。朝六時過ぎから始めたのだから四時間半ほどかかったことになる。千太郎も徳江も背伸びをしたり、腕をもんだりしながら、厨房の丸椅子に腰を降ろした。

温かさの残る粒あんを、焼きたてのふっくらとした皮で挟む。好きな者なら顔の緩《ゆる》む瞬間だ。

徳江に一礼して、千太郎は口に持っていく。

途端、香りが鼻を包み、頭の裏へと抜けていった。

業務用のあんとはまったく違う、生きた小豆の香りだった。縦に弾むように香りが跳ねている。それでいて奥があった。千太郎の頬の内側に澄んだ甘味が広がっていく。

徳江に向かって笑いかけると、千太郎はもう一口かじりついた。やはり、はっき

りと揺さぶられた。「やっぱり違いますね」と、千太郎は自分の頬を撫でた。

「店長さん、どう？」

「こんなあん、初めてですよ」

「そう？」

「ようやく食べられるあんに出会った」

「え？」

徳江の目が、千太郎の食べかけのどら焼きに注がれた。歯形がついたままそれは千太郎の手に握られている。

「なんて？　店長さん」

徳江も半分を残したままで、手を止めてしまった。

「いや、あの……吉井さん」

「はい」

徳江はどら焼きを皿に戻した。

「実は俺、丸々ひとつ食べるなんて、滅多にないことなんです」

「へ？」

徳江の口が開いたままになった。

「なんで？　まさか、苦手？」

千太郎はあわてて手を振った。

「いや、そうじゃなくて……食べることは食べるんですけど、ただ、甘党じゃないんですよ」

「あら、まあ……」

「でも、吉井さんのあんがすごいということはわかります。この間もそう思ったけど、こんな粒あん……とにかく初めてで」

「店長さん。甘いもの嫌い？」

徳江は千太郎の顔から目を離さなかった。

「いや、嫌いなんじゃなくて、ただ、丸々ひとつになると……ちょっと」

「なんでよ、店長さん」

千太郎の声が尻つぼみになっていくにつれ、徳江の声が大きくなった。

「どうして、店長さん……どら焼き屋を？」

「さあ……どうしてですかね」

信じられないとばかり、徳江は目をむいている。

「いや、なんとなく、ここに立つことになったんです」

「なんとなくって……」

「事情というやつで」

千太郎は食べかけのどら焼きを手に取って、また一口かじりついた。

「だけど……これ」

「なに？　店長さん、はっきりしない人だね」

「今気付いたんですけど、吉井さんのあんの出来がいいだけに、皮がただの添え物になってますね。バランスが悪い」

徳江は首をひねりながら手を伸ばし、残りを口に運んだ。

「はあ、言われてみれば」

「でしょう。あんが良過ぎて、あんしか感じられない。皮で挟んでいる意味がない。むしろ邪魔になっているような」

そう言いながらも、千太郎の胸のなかで、気を付けろと別の声があがった。仕事を増やすなと叫んでいる。だが、すでに口は動いていた。

「皮がもう少し良ければ、もっといいものに……」

「もう少しどうにか？」

「そうですね。でも、とりあえず、こんなにいい粒あんを挟めるなんて、うちの店

始まって以来ですよ」

「そんなふうに誉めてもらっても、店長さん……もう、がっかりね。甘いものの苦手な人がどら焼き屋をやっていたなんて」

「そうじゃないんですって。ほら、全部食べましたよ。こんなの本当に久しぶり」

千太郎は食べ切ったところを見せつけんとばかり、手を叩いて粉を払った。

「なんか、悔しいね」

「もともと、こっちの方ですから」

猪口を持つ仕草をすると、徳江は鼻にしわを寄せた。

「だったら酒場をやればよかったのに」

千太郎はそれには答えず、シャッターを開けるために立ち上がった。

八

どら春の粒あんが変わった。

千太郎はそれを文字にして店頭に張り出すべきかと考えた。だが、それなら今ま

でのあんはなんだったのかと言われそうな気がし、敢えて客には告げないことにした。

ただ、あんを仕込んだその日からさっそく変化はあった。いつもはうるさいだけの中高生たちが変に静まり、「なんかおいしくなった」と、千太郎の顔を見たのである。

いい豆をね……と、千太郎は曖昧に受け流し、徳江のことには触れなかった。テークアウトの客からも反応があった。「業者が変わりましたか」と言われたのだ。

次に徳江がやってきた時、千太郎はそのことを告げた。徳江は「よかったね」と微笑んだが、自賛するようなことはなにも言わなかった。

「でも、売上は変わらないですね。誉めてくれるなら、もっと買っていってくれればいいのに」

「来てくれるだけ、ありがたいんだから」

「だって、こんなあん、なかなかお目にかかれませんよ」

「世の中そんなに……」

「まあ、そうですけど」

木べらを握る千太郎の横に立ち、徳江は相変わらずボウルの小豆に見入っていた。

徳江の炊く粒あんは、毎回質の高いものになった。

作業中の徳江の姿勢がそれを保証しているように千太郎には感じられた。

とにかく小豆を大事にする。指の不自由さなど忘れたかのように、ひとつひとつの作業を丁寧にやり抜いた。いつも小豆に顔を寄せている。

徳江が他の豆も試してみたいと言いだしたので、千太郎はカナダ産に加え、中国山東省産と米国産のものを業者に融通してもらった。徳江はどの豆もうまく炊き上げた。それぞれ奥行きのある香りを放ちながらどこかに違いもあり、粒の輝きにも個性が出た。徳江はそれを「面白いね」と言った。

小豆を変えればその分だけ作業も煩雑《はんざつ》になる。面倒臭さが先に立ったが、千太郎もまたそれなりに、小豆の炊き上げに気を取られるようになっていた。こんなふうに個性が出るなら、小豆の産地によってどら焼きを種別して売ったらどうか。あるいは羊羹《ようかん》やきんつばなど、あんそのもので勝負する菓子を手がけた方が儲かるのではないか。そんなこともちらりと考えた。

とはいえ、これ以上仕事は増やせない。

慣れない製あん作業に無休で取り組むこと。これはなかなかに堪《こた》える日々となった。肉体的な疲労は当然ある。加えて、どこかがちぐはぐになってしまった自分に対する苛立ちがあった。

真剣に取り組めば、小豆の向こうにも面白い世界が広がっているのかもしれない。千太郎はそう感じ始めていた。そして、それはとても新鮮な感覚を伴った。だが、冗談じゃないという自分もそこにいた。作家修業に勤《いそ》しむ日が再びくるかどうかはともかく、少なくとも鉄板の前に立ち続ける生活からはサヨナラしなければいけない。それは絶対だった。

そうした気持ちがあるからなのか、やはり根っから向いていないのか、徳江のいない日に千太郎が一人で試みる粒あんは安定した質感からほど遠かった。少しましになったかと思えば、次は焦げ臭くなったりする。豆をいじり過ぎてとろとろと粘りついたり、逆に水分を飛ばし過ぎてぱさつかせたりもした。

だが、ポリ缶のあんを断った以上、徳江のあんが不足しそうになれば千太郎の手製を混ぜるしかない。自分のものとシャッフルしたあんを徳江が味見する時、千太郎は答案用紙を返してもらう小学生のような気分になった。

試食の際、徳江は背筋を伸ばしてスプーンの粒あんを口に含む。宙を睨《にら》み、「ち

ょっと風味が泳いでるよ」と目を動かす。しかしそれで否定するわけではなく、「面白いけどね」と言葉を添える。製あん作業中は異様なまでに細かくなるのに、結果となればむしろその逆で、質感のばらつきを楽しんでいるようなところがあった。

「やり直しになると思ってましたよ」

「だって、業者のよりおいしいわ」

「意外だな」

「小豆は精一杯がんばったもの」

一度力が抜ければ、徳江はものの見方も言葉も楽観的になるようだった。それが千太郎にはありがたく、また同時にやっかいの種にもなった。

弱ったのは、製あんが終わってからだった。客の前には出ないでいいと千太郎がどれだけ言っても、徳江は開店後きまって一、二時間、厨房に留まった。

それはもちろん、やむを得ない事情もあった。年齢が年齢なのだ。不自由な身体でもある。回を重ねていくうち、徳江は厨房奥の椅子に長く座り込むようになった。「疲れた」と言う。「腰が」と口を開けたまま惚《ほう》けた顔になる。こういう時はお茶を飲む気力さえ失うようで、膝にエプロンをのせ、ただただ固まっている。ふだんに

もまして耳も遠くなるらしく、商店街でなにかのアナウンスがあると、「なんて？」と千太郎を見上げた。さすがにこれでは千太郎も帰ってくれとは言えない。するとそのまま客がやってくる時間になる。まずいなと千太郎は思う。

なぜなら、徳江は一応棚の陰に身を隠すような素振りを見せるのだが、決して帰ろうとはしないからだ。赤ん坊を抱いた客がガラス戸の前に立てば、「まあ、まあ、まあ」と顔半分を出して体を揺らした。子供だけのグループが現われると、「店長さん、少しサービスしたら」と聞こえるように言う。そんな時千太郎は「そろそろ上がってください」とつい大きな声になった。すると徳江は裏の戸を開け、そっと去っていく。

気温が上がり、真夏日となったある午後。

千太郎は冷凍庫のドアに手をかけたまま、小さく唸った。

行列こそなかったが、客の絶えない日だった。朝にシャッフルしたあんを使い切りそうになったので、補充用を出そうとした。ところが冷凍庫にあんはなかった。新たに炊かなければ、そこから先の客は受け入れられない。陽はまだ空にあるというのに。

数人の客に謝りながらも、千太郎はガラス戸に「完売御礼」の木札をさげた。先代が洒落で買ってきたもので、棚のなかの雑多なものに紛れていた。千太郎が記憶する限り、この木札がここにさげられたことは一度もなかった。

用意したあんが少なかったのだろうかと訝《いぶか》り、千太郎は配分を書き留めた紙を見直した。普段と変わらなかった。鉄板横のゴミ箱は、使った卵の殻で溢《あふ》れそうになっている。

千太郎は慌てて売上をチェックした。ざっと三百は売っていた。記録だった。

シャッターを降ろした千太郎は、夕陽に染まり始めた商店街に歩み出た。疲れはあるものの、身体は火照《ほて》っていた。その足でそば屋に向かい、一人で飲んだ。

望んで就いた仕事ではない。早く自由になりたい。それればかり願っている。なのに、ひとつの峠を越えたような達成感があった。そこに千太郎は戸惑いを覚えた。小さくばんざいをしたいような、なんだかややこしくなってきたような……。自分の立ち位置がよくわからなくなってしまったのだ。

これからどうするのか。

しかもその答えは、今すぐ求められている。

千太郎は銚子を傾けながら考えた。

あんがなくなれば木札をさげるという潔さで今後もやっていくのか。それともここはチャンスと見て、夜の営業まで視野に入れるべきか。

どちらにしても千太郎には一長一短があるように思えた。

売上が伸びれば自分の取り分も増える。奥さんへの返済額も一気に増額できる。その一方で、作業に音《ね》をあげそうになっている自分がいることも確かだった。これ以上の慌ただしさに身を投じるなど、千太郎には想像しがたかった。どら焼きをこしらえるだけで一日が過ぎていく。同じ作業の繰り返しで日々が消えていく。

だが……とも、千太郎は思う。

ここで終日働き詰めれば、鉄板前の牢獄から解放される日は確実に近付く。ならば懸命に働き、金を貯めることを第一の目標とすべきではないか。そのために神様はあの婆さんを遣《つか》わしてくれたのだ。婆さんはゴミみたいな時給で特上の粒あんを作ってくれる。これがチャンスでなくて、なにがチャンスなのか。

千太郎は口のなかで「時がきたか」とつぶやいた。そして酔いの回った頭で、これからの具体的なやり方を考えた。

侘《わび》しい商店街だとはいえ、人通りのピークはある。それは帰宅する人々と買い物客が重なる夕暮れからだった。都心の焼き菓子屋には昼を仕込みに当て、夕方から

深夜までを営業時間としている店もある。一杯入れた後でスイーツを欲しがるＯＬやビジネスマンは意外と多い。となれば、陽があるうちに店を閉じることの愚は明らかだった。

せめて夜八時、九時ぐらいまでは店を開けておきたい。新しい客を寄せるためにも、帰宅ラッシュの前にシャッターを閉めることなど今後はなしとすべきだ。

しかし、それなら必然的に増えていく粒あんは誰が作るのか？

千太郎はそこにぶち当たった。

すぐに腰かけてしまう七十六歳に、これ以上の労働が可能だとは思えなかった。

九

あんを、これまでより増やせるかどうか。

それを千太郎が徳江に確かめたのは、完売御礼の木札から数日後のことだった。

徳江は「あ？」とも「なんて？」とも言わず、ただ黙って千太郎を見た。そしてしばらく間を置いたあとで、「よかったね、店長さん」と目元を緩めた。

「お陰さまで、客が増えています」

「あんも増やすの？」

「近いうちに」

「それなら、私も協力しないと」

いやがる素振りをまったく見せず、徳江は増量を引き受けてくれた。そして二人で話し合い、これからは毎回十キロずつのあんを作ろうということになった。

「さらに忙しくなりますね」

「なんの、いいことよ」

「体の具合はどうですか？　これ以上、耐えられますか？」

「力仕事は店長さんがやってくれるんでしょう？」

「はあ、まあ」

「だったら、もう今日から始めようか」

徳江は、ガラス戸の前に赤ん坊を連れた母親が立った時のように体を揺すってみせた。

繁忙という文字の意味を、千太郎は初めて知ることになった。売れる日は腰を伸

ばす暇もなく生地を焼き続けなければならない。その合間に接客がある。あんを盛る作業とレジ打ちを並行してこなしていく。

千太郎はしかし、これまでと同じで休みを取ろうとしなかった。徳江の出勤日も増やしはしなかった。鉄板に張り付くようにして、早朝から夜まで働き続けた。

日々はこうして過ぎていった。上り下りはあっても、売上は常にいいところを保った。

やがて店前の桜が長雨に濡れるようになった。雫《しずく》を帯びた葉が深い緑を輝かせる。木々には良い潤いである。だが、防腐剤を使わない生菓子屋にとっては、やっかいな季節の到来だった。

高温と湿気は粒あんの敵だった。糖分の濃いあん、たとえば最中《もなか》のあんなら放っておいても保存が効く。一方で、どら焼きや饅頭に使われる粒あんはこれに弱かった。状態によっては半日で変質してしまう。

千太郎は生地の焼成にも気をつかった。作り過ぎれば湿気を吸ってべたつき、使えなくなる。それを避けるためには、客数を予想しながら少しずつ焼いていくしかない。梅雨時はなにもかも手間がかかるのだ。

だが、徳江のあんのお陰でどら春には勢いがついていた。片手を傘に奪われなが

らも客はガラス戸の前に並んだ。例年ならこの時期は開店休業にも似た状態が続くというのに、今年は毎日が忙しく過ぎていった。

千太郎が鉄板の前で立ちくらむようになったのはこの頃からだ。

忙しさに加え、暑さがのしかかっていた。

開け放たれたガラス戸から、この季節特有の熱気が入り込んでくる。店のクーラーは稼動していたが、千太郎がいるのは火の熾《お》きた鉄板の前だった。調理着に汗が滲《にじ》む。千太郎は生地を焼きながら大量の水を飲むようになった。自ずから食欲は減っていった。コンビニのサンドイッチすら咽《のど》を通らなくなった。それでも千太郎は取り憑《つ》かれたかのように無休の営業を続けた。

雨天にもかかわらず完売御礼の木札がさがった日、千太郎はこれまでにないほどの身体の重さを覚えた。アパートに戻ると台所でひっくり返り、しばらくその場で横になった。寝床に入ったのは、ウイスキーを何杯も飲んでからだった。

その翌日。

千太郎はどら春の厨房で、椅子に座ったまま背を丸めていた。サワリには自分で炊いたあんが入っていた。蜜漬けはほぼ済んでいた。木べらで取り分けていけば、

徳江の粒あんに混ぜる増量分が仕上がる。

段取りがわかっているのに、千太郎はなにもできずにいた。体が動かなかった。クーラーの冷気を浴びながら、ただ固まっていた。指を動かすことすら億劫《おっくう》だった。

この日、千太郎は店を開けなかった。

腰掛けたままいつの間にか眠ってしまったようで、目を開けると時計の針は昼近くを指していた。そこでようやく体を動かしたのだが、シャッターを上げようという気持ちにはどうしてもなれなかった。浅い息を何度も吐きながら、千太郎はあんをラップした。そしてそれを冷凍庫に入れる前に、また椅子に座り込んでしまった。

調理着を脱ぎ、千太郎は店を出た。

朝方までは曇っていたのに、照り返しのきつい路面がそこにあった。あまりの陽射しにたじろぎ、千太郎は桜の木陰に入った。

早出の蟬がジッと鳴いて飛んでいく。

ごつごつとした木肌に両手をつき、千太郎はかろうじて立っていた。気分の悪い汗が全身から噴き出てくる。桜の幹に体を預けたまま、風に揺れる葉を見ていた。梢の深い緑。千太郎は目でそこにつかまっていることしかできなかった。

すると葉影から浮くように、母親の顔がちらついた。千太郎が塀のなかにいた頃、

母親は何度か面会に来た。アクリルボードの向こうで、一気に老け込んだように見えた母親はいつも押し黙っていた。

ふいに、千太郎は落涙しそうになった。どうかするとそれがこぼれそうになるので、人通りのある商店街を避け、線路沿いの車道に出た。前にも後ろにも行けなくなった気がし、通り過ぎる電車を何本も見やった。そのうち、そこにいる自分が恐ろしくなってきて、住宅街の方へと歩きだした。

空は晴れ渡り、まぶしい光が降り注いでいた。風景が清冽《せいれつ》な分だけ、千太郎は自分のみすぼらしさを強く感じた。無駄にしてきた時間が累々《るいるい》と足下に絡み付いているようだった。千太郎は自分のことをゴミ屑だと思った。千太郎は次々に路地を辿った。死ね、と宙で誰かがささやいていた。

千太郎がようやくアパートに戻ったのは、どこを歩いたのか記憶がないほど方々をさまよったあとだった。千太郎は敷きっぱなしの布団の上にそのまま転がった。千太郎の胸のなかで血が溜まったようになり、その部分が鈍い熱を放った。

死ね。死ねばいいじゃないか。

その声のなかで、千太郎は吸い込まれるように沈んでいった。溺《おぼ》れたように短い呼吸を繰り返した。それでもなにかの夢を見た。汗にまみれ、喘《あえ》ぎながら、輪郭の

わからない場所でもがいている自分がいた。

十

電話のベルが鳴っている。

千太郎は首を起こした。カーテンの向こうが明るかった。時計を見ると、八時を回っていた。自分がなぜ電話に追い立てられているのか、そもそもなぜ部屋が明るいのか、千太郎はその理由がよくわからなかった。それでもベルは止まない。千太郎はキッチンの電話まで這っていった。

「店長さん、どうしたの？」

徳江の声だった。

千太郎があいまいな返事をすると、徳江はもう一度「どうしたの？」と言った。

「あの……」

「大丈夫？　店長さん」

千太郎の霞む頭に、線路脇の風景や桜の木の手触りがよみがえった。

「あの……俺」

なにかあった時のために、徳江には合鍵を渡してあった。一人で店を開け、作業を始めたのかもしれない。

「寝坊？　それともどこか悪いの？」

「すいません」

今から行きます、と言おうとして、しかしその言葉はのどにつかえたまま出てこなかった。「ちょっと具合が悪くて」とだけ千太郎は答えた。

「どこが悪いの？」

「なんか……疲れちゃったんだと思います」

「大丈夫？」

「休もうかな」

徳江は少し間を置いて、「働きっぱなしだったからね。それがいいよ」と言った。

「申し訳ないです」

「あんを炊き始めているから、これをやってから帰るわね」

「すいません。一人でできますか」

「できるわよ。それより、もう二、三日休んだら？」

そんなに休んだら、そのままどこかに行ってしまうのではないか。そんな気がして、千太郎は徳江の言葉を遮っていた。

「明日は入ります。あの、今日の仕込みが終わったら、吉井さんはあがって下さい」

「まあ、そうさせてもらうけど。それで……」

徳江はそこで少し、なにかを言うのをためらうように息を止めた。千太郎は「すいませんが、お願いします」とだけ告げ、電話を切った。


翌朝、千太郎はいつもより早くどら春に向かった。ところが店の前まで来るとシャッターの下半分が上がっていて、甘い匂いが漂っていた。

「吉井さん」

「あら、店長さん」

「吉井さん、どうしてこんなに早くから？」

「代わりに、あんを作っておこうと思って」

「あの……え？」

本来なら当番ではない日に徳江が一人で作業を始めている。状況が飲み込めない

まま、千太郎は「すいませんでした」と頭を下げた。

「店長さんの具合はどう？」

サワリで茹でている小豆に目をやりながら、徳江は千太郎に笑顔を向けてくる。

「たぶん、もう大丈夫です」

「だって、休みなしはおかしいよ」

「はあ。少し考えます」

千太郎は詫びながら調理着に腕を通した。ボタンをはめようとして、そこでふと手が止まった。

徳江は昨日の電話で、製あん作業を始めていると言ったのだ。今日の営業に必要な粒あんはもうできているはずだった。なのになぜ、今朝もまた作業をしているのか？

「吉井さん。昨日あんを作ったんですよね。それは？」

「ああ……昨日の」

徳江はサワリから目を離したが、千太郎の顔をすぐに見ようとはしなかった。振り向く前に一度肩を上下させた。

「あのね……どうしようかと思ったんだけど。あんを作って、しばらくここで休ん

でいたのよ。そしたら、お客さんが来ちゃったの」

「はあ？」

「お客さんが来たから、昨日は……仕方がないから私がお店をやったのね」

「はあ？　え？」

千太郎は首を突き出した。

「店をやった？　だって……シャッターはどうしたんですか？」

「私、シャッターが全部閉まっているのは苦手なの。だから今みたいに下の方だけ開けておいたんだけど、そしたらお客さんが声をかけてきて」

「でも、約束したじゃないですか。あんを作ったら帰るって」

千太郎は脇に汗が滲んでくるのを感じた。

「生地はどうしたんです？」

「あ、それは……私が焼いたのよ」

「焼いたのよって。できたんですか？」

「まあ。なんとかね。ごめんね、店長さん」

「ごめんねって言われても……」

徳江は木べらを置いて、カウンターテーブルの上を指さした。

「それでね。帳簿の付け方がわからなかったから、どれだけ売れたかというのは、そこに書いておいたわ」

「勝手にそんな……」

シンプルな表だった。一画ずつ跳ねるあの独特の書き方で、売上と利益の数字が付けられていた。たいそう売れている。

「これ、一人でやったんですか?」

「もう、忙しかったわよ。引きも切らずで」

「本当に一人で?」

「はい。一人で。あ、でもシャッターは最初のお客さんと開けて。閉める時は最後のお客さんに手伝ってもらって……」

どうやって切り盛りしたのだろう。どんな生地を焼いたのだろう。あの曲がった指で金のやり取りもしたのだろうか。客はどう思っただろう。

千太郎はその場に座り込みたくなった。徳江は「ごめんね」と繰り返す。

「いや……驚いたな。だったらひとこと言ってくれりゃあいいのに」

「だって、だめだって言うでしょ、店長さん」

ルール違反は明らかだったが、それを叱りつける資格がないことも千太郎はわかっていた。徳江は木べらを握り直し、立たされた子供のように硬くなっている。

「しかし、一人でこれだけ売ったとなると……疲れたでしょ」

「はい。疲れたよ」

「それでまた今朝も早くから」

「はい。早くから」

どういう態度を取るべきかわからなくなり、千太郎はなぜか自分の頬を叩いた。徳江の頭がびくっと動いたが、千太郎は構わず計量器を手にとった。

「店長さん……」

「もう、いいです。小豆は今日、どれだけですか？」

「えーと、乾燥で二キロね」

千太郎は暗算をし、シロップ用の砂糖を計量器に入れていく。

「店長さん……」

「はあ」

「どうしたの？　気合いを入れようとしたの？」

「そんなんじゃないです」

なぜ頬を叩いたのか、千太郎もよくわからなかった。

この日、徳江は始終明るかった。木べらで小豆を混ぜながら、よく喋った。

「店長さん、田舎はどこ？」

「高崎です」

「上京後はずっと東京？」

「まあ、あちらこちら、行ってます」

徳江は「へー、うらやましいなあ」と息を伸ばした。

「違いますよ。俺、ただ……転々としただけです」

「そうなの？　どこを？」

「いや、関東ばかりですけどね」

「それでもいいじゃないの。私は……小さい時は愛知にいたのよ」

「愛知？」

「そう。豊橋から飯田線というので……本物の田舎でね」

ふだんならあり得ないことに、徳江は小豆から目を離して千太郎を見ている。

「でも、とても桜の綺麗なところだったの」

「へー、なんていうところですか？」

「うん、あのね……」

徳江はそこで間をとった。

「あのね、崖があって、その下を川が流れているの。それで、その崖から川まで桜でいっぱいなのよ。あそこほど、桜の綺麗なところはなかったなあ」

なぜか徳江はその土地の名を出さなかった。

「時々帰られるんですか？」

「いや、もう何十年も……」

徳江は首を横に振って、サワリの小豆に目を戻した。

「店長さん、食べ物はなにが好き？　高崎はなにが名物なの？」

「なにって……達磨《だるま》弁当ぐらいかな。駅弁ですけどね」

寸胴鍋《ずんどうなべ》にシロップ用の水を入れながら、千太郎はふっと微笑んだ。まるで小学生のような問いだと思ったのだ。だが、それが今の千太郎にはどこかありがたかった。

「達磨弁当、白いのと赤いのがあるんですよ。あれは中身が違うのかな」

「駅弁、いいねえ。旅をしながら」

「吉井さんはなにが好きなんですか？　愛知だったら、味噌煮込みですか。あるい

はきしめんとか?」

「そんないいものはなかったわよ、私が育った頃は」

徳江は顔の前で手を振った。

「本当の田舎だったんだから。桜の花びらを漬け込んでね。それをお湯で溶いて飲むような場所よ」

「へー。外国の話みたいだ」

「あの頃の日本と今の日本じゃ、それはもう違う国よ」

寸胴鍋を火にかけながら、千太郎はうなずいた。

「変わっていきますよね。なにもかも」

「どういうこと?」

徳江は背筋を伸ばすようにして、千太郎の頭から爪先までを見直した。

「いや……まあ……あの、俺」

「うん?」

「あの……借金あるんですよ、俺。この店に」

「あらま」

「なんというか……ちょっと崩れちゃった時代があって」

「大きな額なの？　店長さん、だまされてるんじゃないの？」

「いや……借金をまとめてくれたのがここの先代で。だから、俺、ここにいるんです。あ、サワリ、ちゃんと見て下さいよ」

千太郎に言われ、徳江は慌てて鍋のなかを覗き込んだ。

「なんで店長さん、そんな借金を」

千太郎は寸胴鍋に目をやった。湯の底で細かな泡が躍りだしている。

「恥ずかしい話ですけど、俺、きちんと生きてきたわけじゃないんです。どうしたらいいのかわからないまま来ちゃったというか。昔は物書きになろうなんて思ったこともあったのに。なにをしてもだめで。もっとも、このところは文字すら書いてないんで、ただの怠け者なんだってことがよくわかりました。それでいて、どら焼きの方でプロになったわけでもない」

「でも、休まずにやってるじゃないの」

「はあ」

徳江はそこでサワリの火を消した。だが、水さらしの作業には移らず、そのまま煮上がった小豆を見つめていた。そして千太郎に向き直った。

「いっしょに頑張りましょうよ。私も協力するから」

千太郎の前の寸胴鍋がぐらぐらと沸き立ってきた。

「いや、もう充分に協力してもらっています。力強い味方が現われたって感じですよ。まあ、いつも運命は厳しいですけどね」

千太郎が砂糖のカップを取ろうとすると、徳江の声色が少し変わった。

「なんの運命よ。運命なんて、簡単に言わない方がいいよ、店長さん」

「はあ」

「運命なんて、若い人が言っちゃだめよ」

叱られているような気分になり、千太郎は床に目を向けた。

「私は……ひとつの場所から出られない時代があったのよ」

そう言い切ると、徳江は慌てて首を横に振り、サワリに水を入れ始めた。今放ったばかりの言葉を、自ら嫌ったような素振りだった。

「すいません。なんか俺、いろいろ心配してもらっているのに」

「ごめんね。私も」

徳江は千太郎を見ずに、「忘れてちょうだい」と言った。

十一

桜の木からはツクツクボウシの声が聞こえてくる。早まり始めた日暮れには、幾分過ごしやすい風も吹くようになった。

暦が繰《く》られた。

夏枯れもなく、どら春はこの季節を乗り越えようとしていた。

例年、夏休みの間は中高生たちの数が減る。今年はそれがなかった。むしろカウンター席には、毎日のように少女たちが集まった。目当てはどら焼きと冷たい飲み物、そして千太郎が驚いたことに、徳江の存在もあるようなのだった。

塾の帰りに何人かで連れ立ってやってくる中学生たちがそうだった。彼女たちは店の奥で腰掛けている徳江に聞こえるよう、「勉強うざいんですけどお」と突っ伏す。徳江は椅子に座ったまま笑顔を向けた。

「だったら一日思い切り遊んでみれば」

女の子たちは鼻にしわを寄せる。

「そんなの、親から出て行けって言われる」

「出て行けばいいじゃない。遊びたいんだったら」

「マジで言ってるの？」

「マジよ」

「えー、中学生を非行に走らせる店だ」

徳江は彼女たちと少し距離を置きながらも、言葉をかけるタイミングを待ち構えているようなところがあった。千太郎にはそれがわかった。商店街からにぎやかな声が聞こえてくると、徳江はすごすごと奥の椅子まで退散する。だが、すでに顔には含み笑いがあった。

「家、すげえつまんない。帰りたくない！」

何人かで喋っているうち、いきなりそう叫んだ少女がいた。徳江はすかさず、「だったら自分でつまるようにしなさい」と言った。「どうやってよ？」と訊き返すその子に、徳江は「ここでアルバイトしたら？」と持ちかけた。千太郎は鉄板前から「やめて下さいよ」と言い返した。

千太郎にしてみれば、半ば本音だった。相手が中高生だとはいえ、どら焼き一枚で二時間も粘られては困る。もう喋り飽きただろう、そろそろ家に帰りなさいと、のど元まで出かかっている。それなのに、まるで言葉のつなぎ役でもあるかのように徳江がお喋りに入り込んでくる。

一人で店を切り盛りしたと徳江に言われたあの日から、千太郎は考え方をあらためた。徳江には自由にさせている。ひどく安い時給ではあるが、店にいる間はすべて計上している。だが、それは客との垣根を取り払っていいということではなかった。

加えて、千太郎には気になることがあった。

店の奥にいる徳江を見て表情を変える者がいること。それを千太郎は見逃していなかった。カウンター席の中高生たちも同じだった。徳江を見ながらふいに黙り込む者がいる。その目の奥を、なにかが一瞬走り抜けていくのだ。

グループではあまり来ない子のなかに、ワカナちゃんとあだ名で呼ばれる中学生がいた。本人はその名の由来を語らなかったが、他の中学生たちの話によれば、髪型がアニメのサザエさんに登場するワカメちゃんに似た時期があったらしい。裁判を経て親が離婚したのがちょうどその頃で、「あれから髪型も性格も変わっちゃったよねえ」ということだった。

ワカナちゃんは言葉数の少ない子だった。どら焼きを食べながら、潤んだ目で厨房をじっと見る。どこを見ているのかわからないその視線が気になり、珍しく千太

郎の方から「どうした?」と声をかけることもあった。

千太郎に問われても、ワカナちゃんはいつも黙っていた。母親が夜の仕事をしていること、生活にゆとりがないこと、母子家庭なのになぜか男の下着があることなどを自ら話しだしたのは、徳江が変わり種のどら焼きを彼女に差し出すようになってからだった。

ワカナちゃんに限らず、徳江は時折この変わり種をこしらえた。千太郎が焼きそこなった生地で、あんやクリームを挟んだものだ。打ち解けて話す中高生がくると、徳江はこれを「サービスよ」と言って与えた。

千太郎はいい気がしなかった。それとなく言ってみても、徳江は「いいじゃないの。捨てるよりはましでしょ」と受け付けない。

ワカナちゃんは「こっちの方がおいしい」と、変わり種への賛辞を口にした。徳江は気を良くして、さらに蜂蜜を塗ったりする。

ワカナちゃんが徳江にとうとうそれを言ってしまった日も、変わり種をひとつ平らげたあとだった。

「あの……徳江さんのその指は、どうしたんですか?」

千太郎が振り返ると、椅子に座った徳江が指を隠すように手を重ねたところだっ

た。

「これね、私、指が曲がったままになっちゃったのね。若い頃に病気をして」

「どんな病気？」

徳江の表情が固まったように千太郎には見えた。

「つらい病気だったのよ」

徳江はそれだけを答えた。ふーん、とうなずき、ワカナちゃんもそれ以上のことを訊こうとはしなかった。間がもたなくなったのか、ワカナちゃんはどら焼きの残りにかじりつき、無言であごを動かした。その咀嚼《そしゃく》の音だけが、徳江とワカナちゃんの間を行ったり来たりしているように千太郎には感じられた。

ワカナちゃんはその日以来、顔を見せなくなった。


洗い物をしながら、徳江は客の中高生たちのことをよく話した。

誰々は最近ようやく笑うようになった。おうちの状況がよくなったのかね。誰々は失恋をしたらしい。仲間たちが慰めていたのを見たよ。時代が変わっても、ああいう時の言葉は同じなのね。そういえば誰々が最新式の携帯電話を見せてくれた。あれは店長もきっと知らないでしょ。ああいうものを手にして、これからの子供た

ちは生きていくのね。どんな時代になるんだろうね。

　そうしたなかで、徳江がワカナちゃんについて触れることもあった。「あの子は最近こないね」と言う。鉄板の焦げを取っていた千太郎は、「あの失礼な子ですか」とつい言い返した。

「どうしてよ?」

「だって、吉井さんの指のことをいきなり尋ねて」

「店長さんだってそうだったよ」

「俺は仕事ですから。一応は訊いておく必要があったわけで」

「でも……そういうことはね」

「はあ」

「どうなのかな……と思うよ、私」

　徳江の反応の意味がわからず、千太郎は顔を上げた。

「見て見ないふりというのは、まあ、大人の態度だけど。それがいいのか、それとも、ちゃんと訊いてあげるのがいいのか」

「まあ、難題ですね」

「ワカナちゃんは前から気付いていたもの。私の指のこと。私、知ってるもの。あ

の子、親しくなったつもりで訊いたのよ」

「そうですか」

「だから、あの子をつかまえて、そういう言い方はやめて」

「なんだ。俺の方が怒られるんですね」

徳江がそこで笑ったので、千太郎は少し楽になった。

「吉井さん、子供好きですね。俺はもう集団で来られるとちょっと……」

「私ね……昔、学校の先生になりたかったのよ」

「小学校の？」

「それもいいけど……中学校の国語の先生になりたかった。私、勉強したかったのよ」

「まあ、戦争のあとで、日本が貧しい時代だったでしょうから」

千太郎は反射的に、徳江が言葉を置ける場所を先回りして作ってやろうとしていた。

「私のうちだけじゃなくて、みんな貧しかったよ」

「国語の先生？」

繕《つくろ》うように千太郎は重ねて訊いた。

「私、詩が好きだったの。ハイネとか、北原白秋とか、兄の部屋にあった詩集を小さい頃から読んでいたの」

「へー、吉井さん。そういう人だったんですか？」

「活字の向こうを想像するしか楽しみがない時代だったのよ。私、想像することが好きだったのね。だから、店長さんが作家を志望していたと聞いた時はびっくりした」

「昔の話です」

「でも、昔の夢って、まだ残ってない？　私、もう今回の人生ではあんな可愛い子供たちと話ができるようになるとは思ってなかったの。だから嬉しい」

「可愛いって、あいつらがですか？」

「そうよ。先生にはなれなかったけれど、その何十分の一かを今楽しめているような気がするの。あの子たちと会わせてくれて、どうもありがとうね」

「やめて下さいよ。こっちが助けてもらってるんですから」

千太郎は鉄板の焦げをタワシでこすりながら、ワカナちゃん、そろそろ顔を出してくれよ、と願った。

十二

夏休みが終わり、どら春に集まる少女たちは制服姿に戻った。陽のあるうちはまだ蒸すこともあったが、夕暮れ間近はずいぶんと涼しい。桜がざわざわ躍ると、縁を淡く変色させた葉が店先に一枚二枚と落ちてくる。

その日、千太郎は店内の掃除を終え、シャッターの溝に挟まった葉を取り除いていた。すると背後から声をかけられた。

「あれ、奥さん」

「ごめんね、遅くに」

カウンター席に奥さんを案内しながら、千太郎は慌ただしく考えを巡らせていた。帳簿や振り込みの確認で、千太郎は奥さんと毎週顔を合わせている。店で会うこともあれば、亡き大将の自宅まで足を運ぶこともある。しかしそれはすべて、事前に連絡を取り合ってからだった。奥さんは毎日の病院通いで意外にも忙しい。千太郎もフル回転で働いている以上、いつでもオーケーというわけではなかった。経理の相談は基本的に客がいない時、すなわち閉店後だった。

なんとなくそういう内約束になっていたことは、千太郎にとって都合がよかった。奥さんが来る時、その前日には必ず電話がある。掃除や帳簿はそれからでも間に合った。そしてなによりも、吉井徳江を奥さんに会わせなくてすんだ。

それがなぜ、ふいに……。千太郎はいやな予感がした。徳江はついさっきまで洗い物をしていたのだ。もう一時間も前に奥さんが現われれば、鉢《はち》合わせするところだった。

奥さんはカウンターに杖を預け、「千太郎さん、お茶くれる？」と湯飲みを指さした。千太郎はやかんをコンロにかけた。

「忙しい時に悪いね」

「いえ、ちっとも。どうしました？」

奥さんは店のあちらこちらに目をやりながら座っていたが、突然口を尖らせるような表情をし、じっと千太郎を見た。

「あのね。噂なんだけど……ここでアルバイトしている人ね」

「ああ、吉井さん」

「吉井さんっていうの？」

恐れていたものがとうとう来たようだった。千太郎は奥さんから顔を逸らし、や

かんの把手《とって》に触れた。

「私の知り合いが言うんだよ。あのね、その人、指が不自由なんだって？」

千太郎は一度目をつぶった。

「ああ、ちょっとそういうところが……なにか？」

「顔も麻痺《まひ》しているんだって？」

さあ、と千太郎は首をひねる。

「私の知り合いが言うにはね……ごめんよ。当たっていてもはずれていても、その人には悪い話なんだけど……らい病じゃないかって」

「らい病？」

「今は、ハンセン病とか言うんだよ」

ハンセン病……。

口のなかでなぞった千太郎は、額からすっと血が降りていくのを感じた。

「それで私、心配だったからね。一時間も前に来て、実は店のなかを通りから覗いてたんだよ」

「そんなややっこしいことをしないで、ちゃんと入ってきてくれればよかったじゃないですか。そうしたら、吉井さんとも挨拶できたし」

うん、とうなずいたものの、奥さんは千太郎を見る目に力を入れた。

「それじゃ、千太郎さんが困るでしょ。私に会わせないように今までこそこそやってきたんだから」

「え？　いや、なにを言ってるんですか？」

湯が沸きつつある振動がやかんの把手を通じて千太郎の手に伝わってくる。だが、それよりも千太郎の身体の方で騒がしく動くものがあった。

「それで、よくは確認できなかったけど、たしかにあの人の指は、ちょっとおかしな感じだったね」

「でも、そう気になるというわけでもないですよ」

「お客が気にしているんだからね。まずいよ、店としては」

「はあ……」

「わかってることがあるなら、教えてよ」

「いや、特にそういう……とにかく、吉井さんのあんによって店が生まれ変わったようなもんですから。あんを作って五十年という人で」

千太郎は沸騰まで待てず、やかんの湯を急須に注いだ。

「子供たちからも評判いいんですよ」

「そう。それはまあ、よくやって下さるんでしょうけど」

「そうですよ。大変なもんです」

「あの人、おいくつ？」

湯飲みに茶を注ぎながら、千太郎は「七十も半ばですか。その割に元気がよくて」と笑ってみせた。「私と似たような歳ね」と奥さんは湯飲みを受け取ったが、そこで小さく「あっ」と息を詰めた。

「なんですか？」

「これ、あの人も使った？」

返事をせずに千太郎はうなずいた。

「滅多なことじゃうつらないって言うけど……ちょっと、大変だよ、千太郎さん。飲食店がらい病の患者を使っていたなんて知られたら」

「いや、でも……手がああなったのは若い頃の病気の後遺症で、今はもうとっくに治ってるって」

「そりゃ本人はそう言うかもしれないけど。千太郎さん、知ってるの？　らい病って、ひどい人になると指が落ちたりするのよ」

「吉井さん、指ありますよ」

「どこに住んでるの、あの人？」

ざわめくものを抑えようとして、千太郎は後ろを振り向きながら胸に手を当てた。徳江が連絡先を記した手帳は厨房奥の棚に入っている。それを取り、奥さんに開いて見せた。

奥さんはそのまま目を閉じてしまった。

「なにか？」

他に誰もいないのに、奥さんは声をひそめた。

「これ、らい病の人を隔離しているところだよ。療養所があるところ」

千太郎は調理台に手をついた。なにも言わずに徳江が記した文字を見る。

そうだった。そうだったのだと千太郎も思った。

徳江の住所を初めて見た時、千太郎もまた胸のうちに引っかかりを覚えたのだ。あの時はその理由がわからなかった。だが、言われてみればたしかにその町名は、噂話として何度か耳にした療養所のあるところだった。

「このちぢれた字」

「いや、でも……治ってるって」

「今はどうかわからないけど、千太郎さん。昔なら一生隔離ものの病気だったんだ

よ。子供の頃、私見たもん。あの人たちがお寺の境内とかにいて。すごい顔の人がいるんだよ。お化けみたいになっちゃってね。そういう人が歩いたところ、保健所が一斉消毒しにきて」

「だけど奥さん……」

突き返された湯飲みを千太郎は手に取った。シンクに持っていく。

「くどいようですけど、ようやくここが繁盛しだしたのは吉井さんのお陰ですよ。朝早くから仕込みに入ってくれて、あんを作ってくれるから」

奥さんはコンロに置かれているサワリや、水漬けされている小豆の鍋を機敏に見た。

「そりゃわかるんだよ、私だって。でも、私に告げ口してきた人なんかが周りに喋っちゃったら、この店終わりじゃないか。もしまたこのあたりでらい病の人が出て、ここが感染源だなんてことになったら……」

「誰がどう告げ口してきたんですか?」

「いや、そりゃ言えないよ」

そこで奥さんは言葉を止め、じっと千太郎の顔を見た。

「千太郎さん。その人とずっといて、どうなの? 千太郎さんだってうつる可能性

があるんだよ」

　千太郎は目を瞬かせることしかできず、水漬けの小豆に顔をやった。

「とにかく……吉井さんだっけ？　あの人にね」

　奥さんはたたみ込むように言葉を続けた。

「多めにお金を払ってもいいから、やっぱりやめてもらわないと。あの人にやめてもらうか、うちがつぶれるかのどっちかだよ」

「でも、それじゃ、あんはどうするんですか」

「千太郎さんが作ればいいじゃないの。あの人といっしょにあんを作ってきたなら、もうそろそろやり方もわかるでしょう」

　どうだろう？　千太郎は自信が持てなかった。小豆に対する徳江の姿勢に千太郎はいまだ驚かされ続けている。なにかが根本から異なる。

「どうなの、千太郎さん？　自分じゃあんを作れないの？」

「いや、そういう問題じゃなくて」

「じゃあ、なに？」

「吉井さんと二人で、なんとかここを潤う店にしてきたんですよ。今じゃ行列ができる時もあって。頼りにしている子供たちもいます。その吉井さんをクビにしろと

言うんですか？」

「私だって、平気で言ってるわけじゃないんだよ。しょうがないだろう、病気の話なんだから。しかも恐ろしい病気だよ。もう、気付いちゃった人もいるんだし」

奥さんはその一点張りだった。千太郎はあからさまな拒絶こそはしなかったが、「しばらく時間を下さい」と言うのを忘れなかった。

奥さんは悄然《しょうぜん》とした顔になり、「アルバイトの面接の時は私を呼ぶ約束だったよね」と押し付けるような言い方をした。そして厨房の一角を指さし、「あれ、取ってくれる」とあごを振ってきた。調理用の滅菌アルコールスプレーだった。

千太郎が手渡すと、奥さんは自分の手に噴霧した。アルコールの細かい粒子が厨房に漂い、徳江が水漬けした小豆の上にまで流れていった。

「まあ、千太郎さんの気持ちはわかるよ。私だって好きで言ってるわけじゃないんだ。でも、泣いて馬謖《ばしょく》を斬るって言葉もあるでしょ。うちの人からこの店を任されたのは千太郎さんなんだから。千太郎さんがここの店長なんだから。そこのところは感情に流されず、しっかりやってもらわないと。それにあんた、私たちに対する借金がまだあるじゃないか」

うなずくわけでもなく、千太郎はゆるりと視線を落とした。そして奥さんが出て

いくまで、顔を上げなかった。


千太郎はその晩眠れなかった。

珍しく酒を飲まずに布団に入り、暗い天井を眺め続けた。そのうち、自分がハンセン病についてなにも知らないということに思いがいたった。

どうせ眠れないのだと、千太郎は布団をはねのけ、壁際の机の灯りをつけた。机には埃をかぶったパソコンがのっている。千太郎は久々にこの旧式機を作動させ、アナログのまま放置してある回線でインターネットにつないだ。検索サイトに、「ハンセン病」と打ち込んでみる。

モニターにはずらりと記事のタイトルが並んだ。どこから読んでいけばいいのか千太郎はわからなかった。患者の無惨な写真を見たくないという思いもあった。だが、躊躇していては始まらない。千太郎はまずタイトルを順に追っていった。記事の内容は多岐にわたっているようだった。この病気の歴史的な説明、医学的な解釈、らい予防法廃止を勝ち取った快復者たちの闘争、それにまつわる悲喜こもごも、それについての新聞各社のダイジェスト記事、厚生労働省の該当ページなど。

千太郎は適度にサイトを選び、少しずつ目を通していった。どの記事も医学的な

用語が出てくると難しく感じられたが、わかりのいいところだけをつなぐような読み方でも、知りたいことの大半はわかった。

まず、我が国の療養所にいる人たちはすべて快復者であること。患者はいないのだ。万が一発病したとしても現代の治療を受ければ即効で完治し、感染源になることもない。もともと伝染力が非常に低いため、日本の医療関係者で過去これに罹患《りかん》したものはいなかった。ただ、衛生環境も悪く、治療法も確立されていなかった時代には不治の病とされ、患者は法的に隔離された。また、体の末端部が脱落するなどの後遺症から差別の対象ともなった。しかしそれは長い間放っておかれた患者だからこその症状であって、適切な治療が施されれば一切の変化を体に残すことはない。

拾い読みを繰り返したあと、千太郎はパソコンを閉じた。目をそむけたくなるような写真がなかったわけではないが、徳江の問題に関しては肩が軽くなったようだった。

うつることはない。

療養所は残っていても、もう患者はいない。保菌者はいない。

奥さんの指摘通り、徳江が過去にこの病気の患者だったのだとしても、今はなん

ら問題ないと断言できた。ましてや徳江は「若い頃の病気で」と言っている。完治してから長い歳月が流れている。

徳江をやめさせる必要はない。千太郎はそう強く思った。

では、どうするべきか?

ネット上の記事を幾つか印刷して奥さんに見せるべきか? 日本では根絶したに等しい病気です。数十年も前に完治した彼女が感染源になることはあり得ません。そう説くべきだろうか?

だが、その真正面のやり方が奥さんに通じるのかどうか、千太郎はどうも自信を持てなかった。医学的にはもはや恐れる病気ではないと言ったところで、徳江の指がもとに戻るわけではない。人はそこを見るのだ。徳江を店から追い出したいという奥さんの気持ちが収まるわけではないだろう。

ならばどうするべきか?

徳江に一度店を去ってもらう。そのやり方があるかもしれないと千太郎は閃いた。嘱託《しょくたく》と言えば大袈裟だが、やめてもらった上で、都合がつく時にあらためてあん作りを教えにきてもらう。それならばどうか。奥さんの目も誤魔化《ごまか》せるし、徳江のあんに追いつけるよう、その間自分が努力をすればいい。

しかし、考えているうちに千太郎はこれもあまり気乗りしなくなった。形ばかりの引導だとはいえ、なぜやめてもらうのか、徳江に告げるその理由が浮かばなかった。それに、もともとは千太郎自身が去ろうとしている場だ。そこにこの問題を乗り越えてまでしがみつく必要があるのかどうか。

考えはまとまらず、千太郎はただ暗い天井を眺め続けた。

十三

結局、千太郎はなにも決断できなかった。

徳江の去就も、店のこれからのことも一切決められないまま鉄板の前に立ち続けた。徳江にはなにも言わなかった。態度も変えなかった。奥さんに言われたことも、ネットでハンセン病について調べたことも、千太郎の胸のうちだけに留めておいた。

だが、胃にもたれるような焦りから解放されることはなかった。奥さんが再度ねじ込んでくるのは時間の問題だった。その時にどう説得したらいいのか。

面倒くさい。自分もいっしょにやめてやるか。

投げやりになっているのか、千太郎はそれも考えた。すると今度は、四角張った先代の顔が思い出された。

「金の面倒は見てやるから、うちを手伝ってよ」

出所してパブでアルバイトをしていた時、ホールから顔を出した大将はそう声をかけてきた。

千太郎が塀のなかに入っていた理由、その直接の罪状は大麻取締法違反だった。初犯ではあったが、千太郎は売買にも絡んでいた。主犯ではなかったものの、暴力団の末端とつながりはあった。上がりはそれなりにもらっていた。執行猶予はそれゆえにつかなかった。丸二年壁を見続けることになった。ただ、そこにいたるまでの厳しい取り調べのなかで、千太郎は数人の名を最後まで出さなかった。

その一人が大将だった。

暴力団との関係をちらつかせるような安っぽい人間ではあったが、千太郎にとって大将は、それでもどこかに人の温もりを残した男だった。

「よく俺を守ってくれた」

どら春を手伝うと決めた夜、そこが路上だったにも拘《かか》わらず、大将は千太郎の前でさめざめと泣いた。そして二人朝まで飲んだ。

大将が肝硬変を患ったのは長年の飲酒のせいだ。どら焼きのような顔色をして、どら焼きの皮を焼いていた。挙げ句、病院まで履いていく靴を選んでいる最中に血を吐き、そのまま帰らぬ人となった。静脈瘤《りゅう》の破裂だった。千太郎がどら春を手伝い出して三年目のことだった。

葬儀を終えたあと、千太郎は奥さんから懇願された。店を続けて欲しい。なにかあったらあんたに任せるよう、前から言われていた。奥さんは涙混じりに両手をついた。

出所後の不安定な生活をこの夫婦に救ってもらったのは確かなことだった。それを思えば、金を返し切る前に店をやめるという去り方はあり得なかった。千太郎もそれは重々わかっていた。

ああ……と千太郎は鉄板に溜め息を吐く。

こっちを立てればあっちがああなる。あっちを立てればこっちがこうなる。そもそも自分がろくなものではない。

まったく、どうすればいいのか。

わからないまま千太郎はどら焼きの皮を焼いた。あんを挟み、形ばかりの笑顔を客に向けた。そして亡き大将のごとく、連夜のように酒を呷った。

答えを出せないまま日々は過ぎていった。

やがて、しょぼしょぼと途切れぬ雨が街を濡らす季節になった。傘を手に通りを行き交う人々は、カーディガンやブルゾンを羽織りだした。店前の桜も、淡く色づいた葉をしきりに落とすようになった。

変化は、そこに突然訪れた。しかも気付いた時には大きなものになっていた。

この秋雨のせいですかね、と千太郎が徳江につぶやいたのは、二人でひとしきり帳簿を眺め、難しい顔をしたあとだったからだ。小豆の量を調整しなければいけない。いや、冷凍庫にはたっぷりとあんの在庫があった。新たに炊く必要はなかった。どういうわけか、ここ一週間の売上が芳《かんば》しくなかった。特にこの三日間がひどかった。

徳江はガラス戸から鈍い色の空を見上げ、次いで通りに目をやった。

「少し晴れてくれればね」

「この天気じゃ、みんな元気出ないですよ」

千太郎がそんな言い方で片付けようとしたのは、もしかしたら……という不安を打ち消したかったのかもしれない。

なにしろ売上の落ち方があからさまだった。つるべ落としの日をなぞるように、毎日じりじりと下がっていく。

「雨がやめば、また忙しくなるよ」

「青空が出ればね」

だが、千太郎は胸のなかで別のことを考えていた。梅雨時の繁忙を思えば、決してうなずけない話だからだ。あの時は暑さと湿気にも拘わらず、売上を伸ばすことができた。雨の日も客は並び、傘の列を作ってくれた。それなのにいったいどうしてしまったのか。本来ならば、肌寒さを感じるようになるこの季節からがどら焼きのシーズンではないか。

一方で、景気の悪さについても千太郎は考えるところがあった。通りはすでにシャッター街となっている。つい先週も、長年耐え忍んできた魚屋が店を閉じた。どんどん閑散としていく。こんな時に前線が居座り、連日鉛色の空しか見せないのだから、誰だって気が滅入る。ものを買おうという気にはならないだろう。

「考えてみれば、俺もなにも買ってないです。ここ最近は……」

ぼんやりと外を見ていた徳江が、なにを言いだしたのだろうという顔で振り向いた。

「吉井さん、なにか買いました？　最近」

徳江は訊かれていることの意味がまだよくわからないようだった。「買い物？」と訊き返した。

「そうです。自分の店が売れないからって……考えてみれば、こっちもものを買ってなかったなって」

合点がいったという顔で徳江はうなずいた。だが、「私は買い物なんて」と小さくつぶやくと、千太郎に背を向けるようにガラス戸を離れ、店の奥へと戻っていった。

この夜、奥さんがやってきた。徳江が帰ったあとだった。

奥さんはカウンター席で言葉少なに帳簿を見ていたが、背筋を伸ばすと、大きく息をついた。

「千太郎さん」

厨房の千太郎も姿勢を正した。

「あの人を早くやめさせてって、私お願いしたよね」

突っ立ったままで、千太郎はうなずいた。

「私、何度もこのそばまで来てるんだよ。自分の店なのに遠慮してさ。あんたにも体面ってもんがあるだろうから。でも、いつもあの人いるじゃないか。あの吉井さんって人、働いているじゃないか」

「でも、奥さんがおっしゃっている意味では……吉井さんはもう、大丈夫です。治ってますから」

「治ってるなら、なんで療養所にいるのよ。どうして放っておくのよ？」

「いや、それは……」

「あんた、確認したの？」

千太郎は口ごもった。

「どういうことよ？　まさかまだ訊いてないんじゃや。らい病かどうか確かめてないの？」

「いや……」

「なんなんだよ、あんたは！」

金切り声が店の空気を震わせた。

「奥さん、ちょっと待って下さい」

「なにをよ？　もうずいぶん待ったのよ」

「あの、吉井さんは過去にはその病気、ハンセン病だったかもしれませんけど……。今はもう治って、普通の人と同じなんですよ」

「同じってわけはないだろう。指が曲がってるんだから」

「日本では根絶されたに等しい病気だって。もう療養所には患者はいないんです」

「なによ、それ。そんなことを医者でもないあんたになんで言われなきゃいけないのさ」

「じゃあ、病人でもない人を、過去の病気のせいでクビにしろって言うんですか」

「うちは飲食店なんだよ！　イメージってもんがあるだろう。客が怖がるような人を置けると思ってんの？」

奥さんは真っ赤になった顔を一度手で撫でおろした。

「こんなことは言いたくないけど、あんた、うちの店のお陰で生きてきたようなもんでしょう。あんたが切羽詰まってた時に、面倒なものを肩代わりしてあげたのは誰よ？　千太郎さん、まさかここが自分の店だと思っているんじゃないでしょうね。千太郎さんがあの人をクビにしないなら、私が千太郎さんに出ていってもらうしかないのよ。そのこと、わかってるの？」

「いや……あの」

「ここはうちの人が始めた店なんだよ。所有者は私なんだよ」

「奥さん」

「わかってますよ。あんただってつらいところでしょう。でも、この売上はなんなの？　なんでここにきて、いきなりこんなに下がってるのよ？　ひょっとしたら、病人を使ってるって噂が広がってるんじゃないの？　だったらもうおしまいだよ、この店」

「いえ。それならこっちの耳にも入ってくるはずです。奥さん、たぶん、この長雨のせいですよ。景気が良くないところにきて、こんなにも雨が降り続けば……」

「とにかく、やめてもらってちょうだい」

奥さんは引っ張るように息を吸い、唇をぎゅっと噛《か》んだ。そして長く黙りこんだ。

千太郎の返事を待っているようだった。だが、千太郎がなにも言わなかったので、痺《しび》れを切らしたようだった。「頼みましたよ」と一方的に言い、店を出ていった。

十四

桜の木の下でコオロギが鳴いていた。通りを行き交う人の靴音がひとつひとつはっきりと伝わってくる。

久々に星の輝く、静かな秋の夜だった。

鉄板の火はすでに落ちていたが、千太郎は額に汗をにじませていた。

「お気持ちは変わらないんですか？」

徳江は椅子に腰かけたまま、「はい」とうなずいた。

「自分で決めたことなの。もうそろそろ限界だし」

「だったら、月に一、二度でもいいから来てもらえませんか」

「もうね……」

「まだ、吉井さんのあんを学び切ったわけじゃないんですよ」

部活帰りの女子高生たちだろうか、半分降りたシャッターの向こうで声がする。

「閉まってんじゃない？　悪いよ」

短いスカートから突き出た足がシャッターの下に現われた。千太郎は「今日はもうおしまいなの。ごめんね」と呼びかけた。

なーんだ、と去っていく若い足音。

「あれ、テニスをしている子たちだね」

徳江の目が一瞬笑った。だが、すぐに徳江はうつむいた。膝にのせたエプロンの上で手が組まれている。

「あの子たちも同じ気持ちですよ。時々遊びに来てもらった方がいいです」

徳江は首を横に振った。

「どうしてですか、吉井さん」

「おそらくね、このところさっぱり売れなくなったのは……私の昔のことが理由だと思うのよ」

「いや……そうとは」

「そうだと思うの」

「わかりませんよ、そんなこと」

「もう四十年も前に治ってるんだけどね」

だったら、やめるなんて言わないで下さいよ。千太郎はそう言ってやりたかったし、言うべきだとも思った。だが、その言葉は出てこなかった。奥さんの顔がちらついた。

黙り込んだ千太郎に、徳江は逆に気遣うような視線を向けた。

「店長さん。いいんだよ」

「いや、俺も思うようにはできなくて。俺の責任ということもあります」

徳江は膝のエプロンを手に取ると、反った指でその端をつかんだ。

「なんの責任よ?」

「吉井さん」

「はい」

「こんなことを直接訊くべきじゃないと思うんですが、病気って……ハンセン病?」

「そうね。私もいつか、きちんと言わなければいけないと思ってたけど」

ああ……と、声を漏らしたものの、千太郎はその先を継げなかった。

「一度そう診断されたら、もう人生はそこまで。そういう病気だと昔は思われていて」

千太郎はエプロンをつかんだままの徳江の指を見ていた。

「天刑病だなんて言われて。前世で悪いことをしたからだなんて言う人もいたのよ。一人でも患者が出たら、警察だの保健所だのが来て、大がかりな消毒をして。患者を出した家族も大変なことになって。ひどく肩身の狭い思いをしたもんなの」

「だけど、治ったんですよね、吉井さん」

徳江ははっきりとうなずいた。

「特効薬がアメリカから入ってきてね。でも、私の手みたいな後遺症が出る人もいて」

「あの、ちょっと調べたんですけど。隔離というのは、本当に……完全な？」

「そう、調べたの？」

徳江の眉が片方だけ動いた。

「はあ、インターネットで……」

「あのね。絶対隔離と言ってね。生涯、囲いの外には出られないの。その法律が廃止されてから、まだそんなにたってないのよ」

「くどいようですが、吉井さんはその病気とはもう……」

「私が無菌と診断されたのは、本当にもう四十年も前よ。だけど、こうやって町に出てくることは許されなかったの。私なんか、発病がわかった時はまだ……」

そう言ったきり、徳江は口をつぐんでしまった。そしてエプロンを持ち上げ、目頭に押し当てた。

「ごめんなさいね、吉井さん」

「私、まだ、ここにくる子たちと同じ歳くらいで……」

千太郎は徳江の膝さえ見ていられなくなり、厨房の床に顔を向けた。

「吉井さん……」

「私、それからずっと、囲いのなかよ」

「療養所にずっと？」

「そう。天生園」

やはり、何度か千太郎が耳にしたことのある療養所の名だった。だいたいの場所はわかるが、これまで近付いたことはない。

「ここからは、近くなかったですよね。バスが動いていない時間とか、どうされたんですか？」

「いいのよ……店長さん」

「まさか、タクシーを拾って？」

「いいんだって」

徳江はわずかに微笑んだ。

「あの時給で……車を。すいません」

「いいの。楽しいことばかりだったし」

「そんな……」

「いえ、そうなのよ。昔の私はもう生涯、外には出られないと覚悟していたんだから。それなのに、自由にここにやってこられて。たくさんの人に会えて。店長さんがやとってくれたからよ」

千太郎は慌てて首を横に振った。

「助けてもらったのはこっちですよ」

「なにを言ってるの、店長さん。私、まずもう年寄りでしょ。それから手がこうでしょ。顔にも麻痺があって。それでもやとってくれた。そしてお客さんの、あの可愛い子たちの相手もさせてもらった。こんな仕事をずっとしてみたかったの。だから私はもう満足。もともとね、もう本当にやめさせてもらおうかと思っていたところだったのよ。最近は、さすがに疲れが出てきて。ちょうどよかった」

徳江はエプロンで何度も目頭をぬぐい、「ありがとう」と白髪の頭を低く垂れた。

「いえ、こちらこそ本当にお世話になりました」

「じゃあ、行くね」

徳江は椅子に座ったままで店のなかをぐるりと見回し、できそこないの生地を盛った皿に一度目をやった。それからエプロンをたたみ直して調理台に置き、スカーフを鞄に入れて立ち上がった。

「ワカナちゃんとか、子供たちによろしくね」

「もし来たら、伝えておきます」

裏口のドアを開け、徳江が出ていく。

千太郎は寄り添うように徳江の横に付いた。通りに出ると、ぼんやりとした街灯に照らされて、葉を落としつつある桜の木が浮かび上がっていた。

「初めてきた時は花が咲いていたのに、もうずいぶんと寂しい姿ね」

「風が冷たくなってきたし」

「来年の桜、私、見られるのかな」

「もちろんですよ。吉井さん、またあんの作り方を教えて下さいね」

それには答えず、徳江は微笑むと、「どうもありがとう」と再度言った。

「こちらこそ本当にありがとうございました」

付いていきそうになった千太郎を、「ここでいいから」と徳江は手で押しとどめた。

夜の通り、その向こうへと歩いていく徳江を、ただ黙って千太郎は見送った。こんなに小さな人だったのかと、徳江の後ろ姿を見ながら千太郎は初めて思った。店をやめると言いだしたのは徳江の方だった。千太郎はただそれを受けただけだ。そ

れなのに、実の母親を追いやってしまったような気分だった。

青ざめた顔のまま、千太郎は厨房に戻った。

カウンターの端に、滅菌用のアルコールスプレーがあった。千太郎はまっすぐそこに近付くとそれをつかみ、シャッターに叩き付けた。

十五

季節がまた少しだけ過ぎた。

朝晩掃いても、店の前には桜の葉が溜まるようになった。裸の枝がはっきりと見えるようになった木の前を、人々が通り過ぎていく。千太郎はその光景を二日酔いの重い頭でただぼんやりと眺めていた。

このところの千太郎は酒量が増えていた。初見のバーでも扉を開けるようになった。荒れたりするわけではないが、足がもつれるまでグラスにしがみつく。当然、目覚めの気分はよくなかった。布団のなかには自分を苛《さいな》む言葉も転がっているようで、それがまた千太郎に重くのしかかった。

そのうち、あんを仕込む時間も守られなくなった。六時が七時になり、八時になり、九時になった。昼近くになってから店へ向かう日もあった。

客足の戻りそうな気配はなかった。桜の木さえ店から離れていくようで、通りにあるものすべてが千太郎を拒んでいるように見えた。

「このあいだの、焦げ臭かったわ」

まだ来てくれている常連のなかには、はっきりと文句を言う客もいた。

できそこないのどら焼きよりも先に、まず自分を粗大ゴミとして片付けるべきではないか。一瞬の勢いに任せれば、それは遂行できるのではないか。時として千太郎はそれを考えることもあった。だが、だからどう動くというわけでもない。すべて欲求というほどの熱意には達しなかった。ただ沈み、目だけを動かして世間を覗き見ているだけなのだ。


ワカナちゃんが久々に顔を見せたのは、風が桜の枝を揺らせていた夜だった。千太郎は店を閉じようとして、鉄板の火を落としたところだった。

ハーフコートを着たワカナちゃんは、上半身を隠すほどの大きなものを抱えていた。千太郎への会釈もそこそこに、ワカナちゃんは薄緑の布でくるんだその箱のよ

うなものをカウンター席に置いた。

「なんだ、それ？」

「あの……」

「もうおしまいだけど」

ワカナちゃんは「うん」とうなずいたが、帰ろうとしない。千太郎は保温ケースのどら焼きをひとつ取り、ワカナちゃんに差し出した。

「突っ立ってないで、座れば」

「すいません」

ワカナちゃんの声は小さかった。

「あの……やっぱり、徳江さん、いないんですね」

「うん」

ワカナちゃんはどら焼きに一度目を落とし、それから千太郎を見た。

「なんだ、どうした？」

「あの……言いにくいことなんですけど、私……お金ないんです」

あ？　と訊き返しながら千太郎は笑った。

「いいよ。もう店を閉めたあとだから」

「すいません」

ワカナちゃんは少し腰を浮かせて頭を下げ、両手でどら焼きをつかんだ。千太郎はもうひとつ皿にのせてやった。

「その包みはなに？」

どら焼きに口を付けようとしていたワカナちゃんはそこで首をすくめた。

「これなんですよ」

「なにが？」

「これがつまり問題で……私、今、家出してるんです」

「家出？」

ワカナちゃんはうなずいた。そして横に置いたものに手を伸ばした。

「これ、カーテンなんですけど」

布が取り払われ、鳥かごが現われた。目に鮮やかな黄色が動いた。

「行くところなくて、この子」

「カナリア？」

「マーヴィーって名前なの。たぶん、レモンカナリア。それで、お願いがあってきたんです」

ややこしい問題がまた自分に向けて飛び込んできたのだとわかり、千太郎は思わず咳払いをした。

「久しぶりにきて、お願いと言われても」

「あの、徳江さんと約束したことなんです」

「なにを?」

鳥かごを覗きながら、ワカナちゃんは「あの……」と言いよどんだ。

「まさか、その鳥を……」

「たぶん猫かなんかにやられたんです。もう半年ぐらい前なんですけど、道路で血だらけになってばたばたもがいていたんです、マーヴィー。こりゃ助からないなあと思って、でも、放っておくわけにもいかなくて、うちに連れてかえって。そうしたら、治っちゃったんですよ。私、軟膏《なんこう》を毎日傷口に塗ってあげて。どうせ死ぬだろうと思っていたのに、治っちゃった」

「良かったじゃない」

でも……、とワカナちゃんはかごに手を向けた。

「マーヴィー、オスだったんです。だから治ったら、時々鳴くようになっちゃって。これがやばくて」

「なんで？」

「うち、アパートだから、ペット飼うの禁止なんですよ。隣の人が大家さんに言いつける前に逃がしてこいって、お母さんが言うんです。でも、怪我した時のまま翼が固まっちゃったみたいで、マーヴィー、あまりうまく飛べないんです。部屋のなかでも放してみたんですけど、少し飛ぶと落ちてくるんです。それなのにお母さんたら、夏ぐらいからずっともう、毎日毎日もう、放せ放せ放せって言うし。これからどんどん気温が下がっていくでしょう。季節が厳しくなっていくんですよ。カナリアが外で生きていけるとは私、思えなくて。それに、まだあんまりうまく飛べないわけだから、また猫とかカラスとかにやられちゃうと思うんです。そういうことがわかっていながら放すって、ちょっと、どうかなって」

千太郎は蛇口をひねってコップに水をため、苦いものでも飲むような顔でそれをすすった。

「で、お願いって？」

「実は、こうなるんじゃないかって予感したことがあって、徳江さんに相談したことがあるんです。ここで」

「ここで？」

「はい。あの……マスターがなんか、心の病で休んでいた時」

「心の病？」

「徳江さんがそう言ってた」

梅雨明けの頃、店から失踪してしまったあの時のことだ。千太郎は額に手を当てた。

「で、吉井さん、なんて？」

「あの……飼えなくなったら、マスターが面倒みてくれるって」

「俺が？」

「はい」

かごのなかでカナリアが羽ばたいた。三角を描くように跳び、ジュジュジュッとくぐもった声で鳴く。千太郎が知っているカナリアの声ではなかった。綺麗にさえずる季節ではないのかもしれない。

「吉井さん、ひどいな。あのね、残念だけど俺もアパートなの。ペットを飼うのは禁止なんだよ」

「それは徳江さんも言ってました。その場合は、マスターがこのお店で飼ってくれるかもしれないって」

「そんなことを吉井さん……徳江さんが言ったの？」

「はい」

「いい加減なことを」

千太郎はワカナちゃんの前で舌打ちしそうになった。

「ここでもペットは無理だな……。経営者は俺じゃないし。だいたい、食べものを出す場でペットというのは、難しい」

「そうなんですか？」

「無理だろうな」

ワカナちゃんはがっかりした顔になった。あごをカクンと落とし、かごのなかのカナリアを見ている。

「ワカナちゃん。その……徳江さんがここをやめた理由、わかる？」

中学生を相手になにを言いだしたのか？　言葉を引っ込めるなら今のうちだ。千太郎は一瞬そう迷ったが、言葉を止めることはできなかった。

「ワカナちゃん、徳江さんに訊いたことあったろう。どうしてそういう指になっちゃったんですかって」

カナリアに注がれていたワカナちゃんの目が左右に動いた。うん、とうなずく。

「若い時に病気をしたって、徳江さん言ってたろう」

「うん」

「ワカナちゃん、あの時に初めて徳江さんの指に気付いたの？　それとも前からわかっていた？」

ワカナちゃんの顔が千太郎に向き直った。

「私、前から知ってました」

「じゃあ、なんで訊いてみようと思ったの？」

ジュジュジュッとカナリアが鳴く。

「その方がいいと思ったから」

ワカナちゃん特有の潤んだ目が、やわらかな光を帯びてふくらんだ。

「うん。そうか。それなら言うけど……徳江さん、ここの売上が落ちたのを気にされてね。自分のせいじゃないかって」

「ハンセン病っていうんでしょ」

千太郎はただ黙ってうなずいた。

「でも……どうしてわかったの？」

「私、一人だけ、徳江さんの指のことを言った人がいるの」

「誰に？」

ワカナちゃんは皿のどら焼きに目を落とした。それからゆっくりと顔を上げた。

「お母さん」

表を風が吹き抜けた。ガラス戸に舞い落ちてくる葉がカツッ、カツッと音を立てる。

「そう。お母さんに？」

「うん。そうしたらお母さん、昼間に一人でここに来たみたいで……」

「それで？」

「バスでずっと行くと、ここ、ハンセン病の療養所があるでしょ。ひょっとしたら、そこから来ている人かもしれないって。それで……もう、ここには来ちゃだめって」

かごが狭いとばかりカナリアが回るように飛ぶ。

桜の葉が次々と落ちてくる。

そう……、そうか……、と千太郎は時間をかけ、顔色を変えないように努めた。

だが、言葉は口をついて出た。

「お母さん。徳江さんの病気のことを誰かに言ったのかな？」

「わかんない。でも、夜ああいう仕事してるから、酔って誰かに言ったかもしんない。そのへんのおじさんとかに」

ワカナちゃんは厨房のなかを見つめ、じっと固まっている。

お母さんに限らず……。

千太郎は小声でそう言いかけた。

「徳江さんのことを驚いたような顔で見ていたお客さんがいたことは確かだよ。それで、うちは今、お客さんがすごく減ってしまってね。噂が広がってしまったみたいで」

「ひどいよね」

自分に関係ない者を否定するかのような声で、ワカナちゃんはそう言った。どう返すべきかと考え、千太郎は出そうになった言葉をいくつかやり過ごした。

「世間というのは、そういうものだと思うよ。だからそのカナリアをここに置くわけにはいかないんだよ。鳥インフルエンザを最近はみんな恐れるだろう。十年前ならともかく、飲食店に小鳥というのは、今はいやがられると思う」

「そうかな」

ワカナちゃんは鳥かごの針金を指でなぞった。マーヴィーが跳ぶ。

「カナリアがいるから来てくれるってお客さんもいると思うんだけど」

千太郎は首を横に振った。

「そんなに甘いもんじゃないよ」

ワカナちゃんがうつむいた。

「まあ、だけど……」

「うん？」

「世間がって……俺は他人事《ひとごと》のような言い方をしたけど、今度のことで言うなら、世間よりもっとひどいのは……俺なんだ」

ワカナちゃんはなにも言わず、針金を撫でている。カナリアが跳躍を見せ、ワカナちゃんの指のあたりを軽く突ついた。ワカナちゃんは指を引っ込め、それからようやく千太郎に顔を向けた。

「やめるって言いだした徳江さんを、俺は守ってあげなかったわけだから」

「どういうこと？」

「あんの作り方、一から教えてもらったのに」

間があって、ワカナちゃんがつぶやいた。

「よくわからないけど、だったら、やり直せば？」

「やり直す?」

「そう」

「なにを?」

「本当は別の思いがあるから、マスター、悩んでるんでしょ」

まあ……。

今度は千太郎がうつむく番だった。

「やり直してみれば」

「そんなに簡単に……」

「マスターは、徳江さんの電話番号わかりますか?」

ワカナちゃんが背筋を伸ばした。押されるように千太郎は答えた。

「電話はないみたい。住所ならわかるけど」

「あのね、徳江さんその時、マスターが無理だったら、最後は私が面倒みてもいいよって言ってくれたんです」

「え、本当?」

「本当。徳江さん、そう言ってくれた。あの時ね、二人で月を見たんです。お店の前の桜の木の上に満月が出ていて。きれいだから見ようって徳江さんが言って……

それで、月を見ながらそう話してくれたんです。徳江さんとお月様と私と、三人の約束だって」

「月と約束ねえ……でも、徳江さんが住んでるの、たぶん療養所だよ」

「言ってくれたもん」

「じゃあ、手紙を書いてみるかな」

ワカナちゃんの顔に弾むような表情が戻った。潤んだ目で千太郎はじっと見られた。

結局、千太郎は徳江からの返事があるまで、カナリアを預かることになった。大家に告げ口をするような住人がいないことを祈りつつ、カナリアをアパートに連れて帰った。

十六

柊《ひいらぎ》の垣根がどこまでも続いていた。

車の往来が激しい幹線道路から、ひっそりとした市道へ曲がる角に「国立ハンセ

ン病資料館」と「天生園」という表示があった。そこから先、市道の東側半分は住宅地となる。その町と一線を引くかのように、延々と柊の緑があった。

千太郎はワカナちゃんと連れ立って歩いていた。通行人にはなかなか出くわさない通りだった。果てがないように見える柊の垣根は、千太郎にかつて自分がいた場所を思い出させた。鳥の声だけがやたらと聞こえてくる。呼応するように、鳥かごのなかでマーヴィーがジュジュジュッと鳴く。

「どこまで行っても垣根だな」

「これ、柊っていうんですよね。尖っている葉っぱ」

「クリスマスにつきものだ」

「これ、患者が脱走しないようにって、いっぱい張り巡らせたんだって」

「昔の話だろう?」

「でも、こうやって残ってるもの」

ワカナちゃんもまたインターネットを使い、あれから少し調べたということだった。ハンセン病の過去の隔離政策に関して、それなりの知識を得ていた。

垣根の横を歩きながら、千太郎は密集した柊の葉に片手の指先を這わせてみた。ちくちくと痛い。その痛みの分だけ、自分がいた場所の塀よりもたちが悪いように

感じられた。

　昔は通用門でも設けられていたのか、時折、垣根が途絶えている場所があった。だが、そこもまたうっそうと木々が茂っており、奥までは見通せなかった。

　垣根に沿い、二人は長い距離を歩いた。するとようやく国立ハンセン病資料館の門が見えてきた。

　沈んだようにひっそりとした通りを越えてやってきたというのに、資料館の前もまた静まり返っていた。木漏《こも》れ日《び》が建物のロータリーを囲っている。無音の光と影に、この場所の深閑ぶりがかえって際立った。

　資料館の前には、お遍路《へんろ》姿の母子像があった。

　母が病んだのか、あるいは親子ともども病んだのか。

　この病気を患ったことで故郷を追われ、見知らぬ里をさまよい歩いた親子が昔はいたのだろう。その霊を慰めるための彫像なのかもしれない。これは大変なところにきてしまったと、千太郎は背筋に緊張を覚えた。

　資料館の駐車場わきに天生園の内部を示した案内板があった。徳江とは販売所というところで会うことになっている。案内板を見ると、そこは園のほぼ真ん中にあり、集会所や浴場と並んでいるようだった。整然と住宅が並んでいる区画もあり、

それぞれ「黎明《れいめい》」や「明星」といった名がつけられていた。

「まだちょっと早いですよね」

ワカナちゃんにうながされて千太郎は腕時計を見た。徳江との待ち合わせ時間までたしかにしばらくある。

「だったらちょっと、なかを歩いてみるか」

「うん」

うなずきはしたものの、ワカナちゃんもまた気後れしているようだった。千太郎にはそれがわかった。そしてそれは千太郎も同じだった。

ついこの間まで、自分とはまったく無縁だと思っていた世界。それが千太郎の目の前に広がっていた。

らい予防法が廃止されたのは一九九六年のことだ。その年、ハンセン病快復者は外出が自由になった。同時に、柊の囲いのなかに入ることができなかった一般市民も、園内を自由に通れるようになった。

とはいえ、ここは百年にもわたって人を飲み続け、また拒み続けた場所だ。千太郎にはこの特異な静けさの底に、地の深くにまでしみ込んだ人々の吐息や無念があるように感じられた。

千太郎とワカナちゃんは資料館の横を抜け、園に沿うように延びている小道を歩き始めた。葉を落としているものの、道の両側には立派な桜が並んでいる。春ならばさぞかしいい景色になりそうだった。

だが、どうにも人の気配がない。鳥の声以外、伝わってくるものがない。

「静かだな」

わかりきっていることを千太郎はわざわざ口に出した。

「恐いみたい」

ワカナちゃんはそういう言い方をした。

桜並木のすぐそばのベンチに二人は腰を降ろした。千太郎はカナリアのかごを地面に置き、まったく人影のない園内に目をやった。同じ形をした平屋建ての住宅が規則正しく並んでいる。千太郎にはその風景が、異国の団地群か兵舎のように自分とはかなり距離のあるものとして見えた。

二人で静けさに沈んでいると、遠くに自転車が一台現われた。並木の向こうから園を貫く小道を走ってくる。誰でも入れるのだから、近所の住人かもしれないし、あるいはここに住んでいる元患者なのかもしれない。

自転車がそばまでやってきた。乗っているのは高齢の男だった。つばのある帽子をかぶっている。どんな顔をしているのだろう。千太郎は咄嗟《とつさ》にそれを思った。男の顔を見るべきかどうか千太郎は迷った。ワカナちゃんは下を向いた。千太郎は顔をあげた。

すれ違いざま、自転車の男と千太郎の目が遭った。男はごく普通の顔をしていた。鼻もあったし、どこかがひきつっているような気配もなかった。ただ、男の方は珍しいものでも見るかのように千太郎とワカナちゃんを一瞥《いちべつ》していった。

遠ざかる自転車から目を離し、千太郎は今自分がなにをしたのだろうと思った。どんな意味があって男の顔を見ようとしたのか、それがわからなかった。これから園内に入っていき、販売所というところに行けば、会う人の多くは元患者であろう。重い後遺症で外見の変わっている人もいるかもしれない。

そうした人々と会うという覚悟がまだ自分にはできていないのだろうか。

いや、覚悟という言葉が出てくること自体、自分は間違っているのだろうか。振る舞いというよりも、内心の在り方が千太郎にはわからないままだった。

「こうまで静かだと、どうしたらいいのか……」

「本当にみんなが住んでいるところだから。本物だから」

ワカナちゃんは並んでいる住宅の方に顔を向けた。

「そういうことなんだよな。ネットの情報じゃなくて、ここ、本物だから」

うんうん、と飲まれたように二人でうなずきあった。

「ちょっと早いけど、徳江さんはいつも約束より前に来るから、行くか?」

「はい」

千太郎とワカナちゃんはベンチから立ち上がり、案内板の表示通りに進みだした。ここまでの並木道は天生園の外郭《がいかく》に沿っていた。ここからはいよいよ敷地内に入り、販売所を目指すことになる。

平屋建ての住宅はどこも三世帯か四世帯に区分けされているようで、昔で言うところの長屋造りになっていた。軒先で洗濯物が揺れている部屋もあれば、カーテンを閉め切っているところもある。いずれにしろどこも静まり返っており、テレビやラジオの音さえしなかった。

するとどこからかオルゴールの音色が流れてきた。

「あ、あれ……」

ワカナちゃんが指をさした。

住宅の向こうを特殊な形をしたトラックが低速で走っていく。オルゴールの音は

その車から聞こえてくる。車は二人が歩いている通りまで来ると、ゆっくりと角を曲がり、後部を見せてその先へ進んでいった。

「どうして?」

ワカナちゃんの声より先に千太郎もそれを思った。

トラックの後部には手すりがあり、作業員が三名、立った状態でしがみついていた。なにを目的とした車両なのかわからなかったが、目を引いたのは彼らの姿だった。上から下まで真っ白な防護服のようなものを着ている。

「どうしてあんな格好をしなきゃいけないの?」

ワカナちゃんのその声に、千太郎は思いついたことを口走るしかなかった。

「ここはやっぱり療養所だから……病院だから……きっと、あらゆる菌に対して過敏になっているんじゃないか?」

「じゃあ、マーヴィーは?」

「そうだよなあ。ペットを飼っていい病院って……」

「徳江さん、いいって言ってくれたのに」

千太郎は防護服の作業員を乗せたトラックが進んでいった方向をもう一度見やった。

ハンセン病が日本からほぼ消え去ったのであれば、あんな大袈裟な服を着なくてもよさそうなものだ。千太郎はそう思った。インターネットで拾い読みした記事には、日本の医療関係者からはまだ一人の感染者も出ていないとあった。それならば、ここで働く人たちもごく普通の格好でいいのではないか。中学生の女の子をここまで連れてきてよかったのか。千太郎は不安になり始めていた。

「あ、人」

浴場と囲碁将棋会館の横を抜けたところでワカナちゃんの足が止まった。

おそらくはあれが販売所なのだろう。生協のスーパーのような建物の前に何人かいる。立ち話をしているようだ。

「笑ってる」

ワカナちゃんは見たままを口にしたようだった。不思議なことに、千太郎の力みはそこで抜けた。おかしな変化だと千太郎は思った。住人に会うことの緊張が、住人を目撃したことで緩み始めたのだ。

ワカナちゃんが言う通り、その人たちは笑っていた。表情が一様に穏やかだった。千太郎とワカナちゃんは販売所の方に近付いていきながら、次々人とすれ違った。杖をついている人。自転車に乗った人。薬の袋を両手にさげた人。それぞれ健康

状態にばらつきがあるようだった。一致しているのは、みな高齢という点だった。かごのなかのマーヴィーをじっと覗きこむ人もいた。目に障害があるのか、黒いサングラスをかけた一団もいた。

ささやき声でもワカナちゃんに聞こえるよう、千太郎はそっと横に付いた。

「みんな徳江さんと同じぐらいの歳だなあ」

販売所は目の前だった。扉は開け放たれている。普通のスーパーと変わらない。右半分には食料品や日用雑貨が並べられている。左半分には幾つかの丸テーブルがあり、壁際に飲み物の自販機が設置されていた。

そして窓側のテーブルにぽつんと一人、吉井徳江が座っていた。

十七

千太郎が声をかけるまでもなく、徳江はゆっくりと立ち上がった。徳江の目は千太郎とワカナちゃんの間でせわしなく動いた。片目を瞬かせながら、不自由な両手を胸の前で合わせた。

「吉井さん」

千太郎が声をかけると、徳江は頭を下げた。

「ずいぶん久しぶりに会ったようね。ワカナちゃんも」

「ご無沙汰しています」

「本当にね。私たち、ご無沙汰よね」

徳江は精一杯の笑顔をワカナちゃんに向け、両手を広げたり、組んだりした。

「来てくれてありがとうね。二人とも」

「いやあ、こちらこそ勝手なことを言って」

千太郎は鳥かごを持ち上げるようにしてカナリアを見せた。

「やっかいなものを持ちこんですいません」

「綺麗な黄色ね」

「たぶんレモンカナリアです。あの、マーヴィーって言います」

ワカナちゃんは少し上ずった声になりながら、マーヴィーをアパートで飼うことはやはり無理だったと話した。

「だって、鳴きだすと思わなかったから」

「それで今は俺が預かっています。手紙に書いた通りです」

徳江は鳥かごを覗き、「マーヴィー」とひと言声をかけた。

「いや、でも……ここで生き物を飼っていいんですか？」

千太郎が訊くと、徳江はうなずいた。

「いいのよ。私も昔、飼っていたことあるの。カナリア」

「え、本当」

「ああ、よかった」

千太郎もワカナちゃんもそこでようやく胸を撫で下ろした。

「一応、自治会の決めごとみたいのがあってね……犬は前に人に噛み付いたことがあるし、吠え声もうるさいということでダメなのよ。でも、猫は一匹ならオッケーで、小鳥や小動物はまったく問題なしよ。だからマーヴィーちゃんは私が預かってあげる」

「ありがとうございます。助かりました」

「でも、なんでそんなことを心配したの？」

うん、それは……と千太郎は言い淀んだが、一息置いて続けた。

「さっき、ここに来る時にちょっと変わったトラックを見かけたんですよ。後ろに作業員が三人立ったままつかまっていて。その人たちの着ているものというのが防

護服というか……」

相槌を求めるように千太郎はワカナちゃんの顔を見た。ワカナちゃんも続いた。

「そう。宇宙服みたいなの」

「で、俺は思ったんですけど、あんな格好をしなければいけないのはここが病院だからでしょう。もしそうなら、動物を持ちこむのはどうなんだろうって」

千太郎はその先の心配までしていたこと。つまり、まだうつる可能性があるからああいう格好をした人たちがいたのかもしれない。そう考えて少し不安になったというところまでは触れなかった。徳江を前にして、さすがにそれは口に出せない。

「ああ、あのトラックねえ」

徳江は「違うのよ」と首を横に振った。

「あんなごついものを着てるから心配になったんでしょう。あれ、たしかにそうねえ。今はここで工事する人たちも、清掃の人も、それから病院で働く人も、あんな格好はしてないの。あのトラックは配食車といってね」

「はいしょくしゃ?」

ワカナちゃんが訊き返した。

「そう。ご飯を配る車よ。必要な人に朝昼晩のご飯を配るの。だから、普通のレス

トランでも調理の人が真っ白なユニフォームを着るのと同じことで、ここでもああいう白い格好をしてるのね。だけど、言われてみればそうよね。あの人たちの格好だけが昔から変わらないもの」

「そういうことだったんですか」

　千太郎はワカナちゃんと顔を見合わせた。

「ここはできてからもう百年がたつのよ。それなのに、こうやってワカナちゃんみたいな子が自由に入ってこられるようになったのはつい最近のことなの。だから、まだまだ変えていかなければいけないことがいっぱいあって」

　そこでふと千太郎は、周囲にいる人たちがみなハンセン病の元患者であるということに思いが至った。千太郎たちの声は彼らにも聞こえているかもしれなかった。配食車を話題にしてしまったことが、どんなふうに受け止められているのか。千太郎はそれが少し気になった。

「じゃあ、私はマーヴィーちゃんを預かるということで」

「はあ、ぜひともよろしくお願いします」

　低姿勢の千太郎に対し、徳江は「いいのよ」と笑ってみせた。

「うちの旦那さんが旅立ってからちょうど十年になるの。一人ぼっちだったから、

マーヴィーちゃんが来てくれて嬉しいのは私の方よ」

「えー、徳江さん、結婚してたんですか？」

「うん、してたのね。子供はいないけど」

「だって、一度もそんな話……」

訊きづらいことばかりがそこにあるようで、千太郎の口はそこで止まった。それを察したのか、徳江の方が話を続けた。

「ここで知り合った人といっしょになったのよ。私は治ってたけど、うちの人は長くかかって。それで、後で再発して……そりゃもう、たいへんな人生でした」

「そうだったんですか」

千太郎もワカナちゃんも、徳江の言葉を受け止めることしかできない。

「もうね、今語るのも……」

周囲の人たちは、テーブルについてコーヒーやお茶を飲んでいた。それとはなしに千太郎たちを窺《うかが》う目もあるようだった。そのなかで闘病について聞いていくことの善し悪しを千太郎はちらりと考えた。

「でも、うちの人は本当によくがんばったの」

「亡くなられたのは、やはりその、再発が原因だったんですか？」

「違うのね。この病気はね、死に至る病ではないのよ。重い後遺症の人がいてもこの年齢ぐらいまでみんな生きてるでしょう。これは、死病ではないからなの。うちの人はもともと心臓が悪かったのね。闘病をようやく終えたかなと思ったら、突発的に逝ってしまって」

「そうだったんですか」

「死んでも、私たちは故郷に帰れるわけじゃないから。うちの人もここの納骨堂で眠っているの。だから私、毎日のように会いにいくのよ」

そこで、ジュッ、ジュッとマーヴィーが鳴いた。

一応鳴くんだね、と徳江。ワカナちゃんが「はい」と返事をする。

「そうなんです。鳴くんです。だから飼えなくなっちゃって。でも、あの、普通のカナリアはもっと綺麗に鳴くってお母さんが言っていました」

「恋の季節になりゃ、もう少しましになるだろう」

千太郎が口を挟むと、徳江が笑いだした。

「恋の季節になっても、お相手が見つからないとこの子がかわいそうね」

徳江は鳥かごに顔を近付け、ジュッ、ジュッと鳴き声を真似てみせた。ワカナちゃんはきまり悪そうにその様子を見ていたが、「じゃあ、もう一羽飼うことにしま

すか」とつぶやいた。

「そうね。もう一羽ね。これはあれだったかしらね。普通の小鳥の餌と、あとはレタスとか青菜をあげればいいの？」

「はい。野菜はいります」

「けっこう食うんですよ、こいつ」

「あら、ちょっとごめん」

鳥かごを覗いていた姿勢で、徳江は洟《はな》が垂れたようだった。ポケットからティッシュを取り出した。

「風邪を引いちゃったみたいなんだけど、ずっと治らなくて」

「吉井さん、どら春やめる頃には相当お疲れだったから」

「そうね。あの頃からちょっとね……」

徳江は洟をかみ、「ごめんね」と小声でつぶやいた。

「これが昔だったら、許されなかったのよ。この病気は洟水からうつると言われた時代があってね。まあ、実際それは間違いではなかったみたいなんだけれど」

巾着袋の口を開け、徳江はティッシュをそっとしまった。

それを横目で追いながら、ワカナちゃんがいきなり問うた。

「徳江さんはいつここに来たんですか？」

おいっ、と千太郎は遮ろうとしたが、徳江は表情ひとつ変えず、「ワカナちゃんぐらいの頃よ」と答えた。

「私ぐらい？」

「うん。あの、私……子供の頃は、すごい田舎に住んでたのね。日本が戦争に負けて、どうにもならない時代があったの。上の兄が中国から帰ってきたんだけど、幽霊みたいにやせていて、一家そろって食べるものがないのよ。それでね、そういうなかで父親が死んで。肺炎だったのね」

「薬、なかったんですか？」

ワカナちゃんが声をひそめると、吉井さんは苦笑いをしながら首を横に振った。

「そんな時代じゃないのよ」

ジュッ、ジュッとマーヴィーが鳴く。他のテーブル席でお茶を飲んでいる人たちの談笑も時には大きくなる。千太郎とワカナちゃんは徳江に少し顔を近付けた。

「兄二人がようやく働きだして。私と妹は農家のお手伝いで。これでなんとか生きていくことができるかなあと、やっとそんなふうに思い始めた頃ね……まさか、まさかよ。ある日、気付いたら足の腿《もも》のところに赤い盛り上がりがあるのね」

徳江は自分の右腿を指さした。

「なんなのかなあ、これはって、ずっと思ってたの。母親も心配して、隣町の病院に行ったんだけど、お医者さんもよくわからないって。薬だけもらって帰ってきてね。そのうちね、それが少し広がったような気がして。どういうわけか、足の裏の感覚も鈍くなっていったのね。つねっても痛くないの。いよいよおかしいなあと思ってたら、病院の先生から呼び出しがあって、母と下の兄がついてきたんだけど……」

場に慣れたのか、マーヴィーはさかんに鳴き始めた。他のテーブルでお茶を飲んでいる人たちが時折眺めにやってくる。「カナリアだね」と声をかけられる度に徳江の話は中断した。

「それで……ここに、この天生園に行くようにと指示されたのね。私はなにも聞かされてなかったんだけど、母と兄はすべてを知らされたようで。もう、それからが大変。なんたって中部の田舎から東京のはずれまでの旅でしょう。一度家に帰って、その晩は母がありったけの材料を集めた夕飯を作ってくれて。玉子焼きがあってね。当時では考えられない御馳走だったのよ。妹がわーっと喜んで。でも、母が涙をこぼすものだから、妹もだんだん沈んできて。そうしたら、下の兄が、私が難しい病

気になったと言って、しばらくは帰ってこられないから、みんな覚悟を決めろって。私、がんばって笑顔を作って食べようとした気もするんだけど、ご飯はもちろん、のどを通らなかった」

「病名は聞かされてなかったんですか?」

千太郎の問いかけに、徳江は曖昧な言葉を返した。

「うん、まあ……直接はね。私も、まさかこの病気ではないだろうと、自分で無理やり信じこもうとしたのね。でも、次の日に上の兄と二人でいよいよ移動することになって」

「お母さんは?」

ワカナちゃんが訊いた。

「駅までは来たの。ごめんねって泣きながら。母は、徹夜でブラウスを縫ってくれてね。どこにそんなものがあったんだろうって思った。メリヤスの白い生地。私、そんな格好をするのは本当に久しぶりで、いや、きっと初めてだと思ったわね。だけどこれからしばらく家族と離れるのかなと思ったら、やっぱり心細くて。そのブラウスを着たまま、駅で母と抱き合っていっしょに泣いたの。下の兄と妹は駅まで来なかった。家の玄関でさよならしたのが最後。妹はずっと泣いていて。私も泣い

たけど、大丈夫、きっと帰ってくるからって言って。それで私、列車に長い間揺られて東京まで来たのよ。一晩かけてここまでやってきて、駅を降りたところでようやく兄がね、たぶんお前はらい病だからって。もしそうだったら、俺はお前を置いて帰らないといけないって」

徳江の言葉がそこで途切れた。テーブルの上を見たまま、ゆっくりと目を閉じた。曲がった指先でまたティッシュの袋を取り出し、そっと目尻や鼻にあてがった。

「吉井さん、その時、いくつだったんですか?」

「十四よ」

千太郎の問いにやっとそれだけを答えると、徳江は洟を一度大きくかんだ。

「それでね、とうとうここで診察を受けて……そのあとで、消毒薬のお風呂に入らないといけないのよ。それで、これまで着ていたものとか、持ち物とか、全部処分されるの。私は母が縫ってくれたブラウスだけは勘弁して下さいって、看護婦さんに泣きながら頼んだの。でも、規則だからだめだって言われて。だったら、兄が待っていますから、そのブラウスは兄に持ち帰らせて下さいって言ったのよ。そうしたら、家族の人はもう帰ったよって。あなたの身寄りはもうここにはいないよって。名前も今日からは別名にしようねって。そう言われて……そんなふうに言われたの

よ。私、ずっと声をあげて泣いたよ。なんでこんな目にあわなきゃいけないのかって。私自身がわかっていたからね。一度らい病にかかったら、二度と外には出られないこと。自分もそういう人を見かけたら、怖いなあと思っていたの。でも、まさか自分が……」

徳江が詰まる度に、千太郎はそっと言葉を挟みこんだ。

「そのブラウスは？」

「戻らなかった。永久に消えてしまったの、母の縫ってくれたあのブラウスは。患者着として、縞模様の袷《あわせ》を二枚与えられただけよ。代わりはないからって。次に新しい袷が支給されるのは二年先ですよって。その間、ずっとこれを大事に着なさいって。私、まだ女の子だったのに」

その時、「トクちゃん」と千太郎たちの背後から声がかかった。聞き取りにくい声だった。徳江は顔をあげ、「ああ」と手を振った。

「トクちゃん、いいの。これ置いたら、私は戻るから」

声がする方を千太郎とワカナちゃんは振り向いた。

徳江よりも後遺症が重いのだろう。顔の変形がはっきりとわかる高齢の女性がそこにいた。下唇が垂れ、歯茎がのぞいている。

千太郎はどうしたらいいかわからず、ワカナちゃんとただ会釈だけをした。

「私、森山です。トクちゃんとお菓子を作ってきた仲なのよ、ずっと」

「あの、ボクらはあの、吉井さんにたいへんお世話になった者でして」

「もしかしたら……どら焼き屋さん?」

「はあ、そうです」

「私も働いてみたかったな」

森山という人はそれだけを言うと、「じゃあね」と笑って販売所を出ていった。

テーブルの上にはレジ袋が置かれ、アルミ箔《はく》がのぞいていた。

「いやじゃなかったら、それを開けてみて。あの人きっと、オーブンでお菓子を焼いてきたのよ」

正直な話、千太郎はそれを口に入れたいという気持ちにならなかった。徳江の話が胸に来ていたし、後遺症の重い人と初めて顔を合わせたことでちょっとしたショックを受けていた。千太郎のその気持ちの揺れがわかったのか、まずお菓子に手を伸ばしたのは徳江だった。レジ袋からアルミ箔の包みを出し、曲がった指先で広げる。なかから薄っぺらなクッキーのようなものが出てきた。

「ああ、チュイルよ」

「チュイル?」

千太郎が聞き返すと、「フランスの瓦煎餅《かわらせんべい》というところかな」と答え、一枚ずつを千太郎とワカナちゃんに差し出した。

「アーモンドとオレンジのお菓子よ。これは作るのすごく簡単」

「よく知ってますね。俺、甘いもので商売しているのに、そんなの全然……」

そのお菓子を口に運ぶまでの間、千太郎の指先に迷いがなかったと言えば嘘になる。だが、焼き菓子が唇に触れた瞬間、濃厚な柑橘《かんきつ》系の香りが千太郎の鼻に抜けた。それが千太郎の気分を変えさせた。アーモンドスライスの歯触りとともに、香りはいっそう鮮やかに躍った。

「これ、面白いな」

「本当。果物をそのまま焼いたような匂い」

ワカナちゃんまで少し明るげな声になった。ワカナちゃんはチュイルを手で割り、かけらを口にもっていく。

「しかし、よくこういうお菓子を知ってますね。吉井さんもさっきの方もここにずっとおられたというのに」

まあね、と徳江は焼き菓子をアルミ箔に戻した。

「ちょっと、外を歩こうかね」

千太郎とワカナちゃんは徳江に促されるように立ち上がった。

十八

鳥かごをさげた千太郎とワカナちゃんは、徳江とともに園内の一本道を歩きだした。販売所から離れると相変わらずあたりは静まり返っている。

「治療といってもね、最初からプロミンがあったわけじゃないの」

プロミン。ハンセン病の特効薬の名だった。この薬が長い懊悩《おうのう》の歴史を変えたことを、千太郎もワカナちゃんもインターネットの記事で読んで知っていた。

「でも、その薬で治ったんですよね」

ワカナちゃんが徳江のすぐそばで問いかける。

「日本にはなかなか入ってこなかったのよ。それがすごく効くという話は伝わってきてたんだけど。だからこれは、患者同士で連帯するしか方法がないんだろうなって、私たちは思ったの。プロミン寄越せ運動みたいのね。そういう闘いが方々の療

養所で起きたの。その少し前までなら、重監房送りになるようなことを」

「重監房？　そんなのがあったんですか。俺……」

自分のことを言いそうになり、千太郎は慌てて口を閉じた。

「昔、草津の療養所にあったのよ。独房ね。療養所にはどこにも監禁室があったんだけど、草津の独房に送られたら、生きては帰れないって言われてたの。日が当たらない真っ暗な部屋に何ヶ月も閉じ込められる。冬には雪に閉ざされて凍え死ぬんだって」

啞然としているワカナちゃんに徳江は穏やかな口調で告げた。

「闇のなかで、気が狂ったり、死んだりするのよ。この天生園でもね、ストを働いたということで草津の重監房に送られて死んだ人もいたの」

少女だった徳江が、いったいどんな日々を過ごしてきたのか。千太郎はかつていた塀のなかの風景とだぶらせながらそれを考えていた。

「でも、もし自分がこの病気にならなかったら、私も他人事だったと思うよ。小さな頃に見たことがあるの。浮浪者のなかから疑いのある人だけ集められて、警察のトラックで運ばれていくのね。保健所の人がきて、そのトラックにパーッと白い粉をかけるのね。うずくまったままの人たちに容赦なく粉を吹きかけるのよ。そうや

って運ばれていく人たちを恐いなと思って、私見ていたのよ。だからここに来てしばらくは、収容されている人たちね、同じハンセン病の患者を見るのが一番いやだった。自分がその患者なのに」

　わかるような気がします、と千太郎は言いかけ、しかしそれをのどの奥でひねりつぶした。

「病気が重くなってからここに来たような人は、いろいろなところに症状が出てるでしょう。結節といってね、体中に大きな瘤《こぶ》というか、かさぶたというか、そういう病気の実みたいのが吹き出してる人がいたのよ。指の落ちた人とか、鼻が落ちた人とか。薬のない時代はそういう人がざらにいたの。私も徐々にそうなっていくのかなあという恐怖があって……そういう苦しい人たちを見るのが本当にいやだったのね」

　歩きながらぼそぼそと話し続けた徳江は、そこだけが小高くなっている小さな丘のような場所を前にして足をとめた。もとは土盛りの山であろうか。灌木《かんぼく》が生え、ところどころに晩秋の野の花も咲いている。

「みんな、帰りたかったのね。望郷の念。帰りたいと思った人は、ここに来たの」

　徳江が指をさす。土が踏み固められて階段になっている。

「ここは私が来る前からあったのよ。病気の軽い人は森の開墾《かいこん》をやらされたから、掘り起こした土を持ってきてね、ここに山を作ったの。ここに登って、遠くの山を見て、それぞれの故郷を思ったのね」

「吉井さんもここに登ったんですか？」

登る素振りは見せず、ただ立ち止まったままの徳江にワカナちゃんが尋ねた。

「そうね、何度か登ったことはあるのよ。でも、外には出られないんだから、よけいにみじめな気持ちになってくるのね。とことんみじめよ。だからある時からここには来なくなった。その代わり……」

徳江はそこでひとつ大きなくしゃみをした。

今年の風邪はしつこいねえ、と言いながら徳江はまたティッシュを取り出して洟をかんだ。そして、ふっと笑った。

「俺のことを悪く言うなよって、あの世から命令してきたね、これは」

うん？　と千太郎が首を傾《かし》げると、「うちの主人よ」と徳江が答えた。

「最後にここに登った時に、一人で泣いていたら声をかけてくる人がいて。それが連れ合いになった人」

「へー、どんな人だったんですか？」

ワカナちゃんが訊くと、徳江は笑うだけで、「さあ、どんな人だったのかねえ。いまだにわかりません」と煙に巻《ま》くような言い方をした。


森のなかを抜ける小道を徳江は歩きだした。

武蔵野の雑木林に迷いこんだかのようにそこは樹木であふれていて、落ち葉が厚く降り積もっていた。木々だけを見ているなら、療養所のなかにいることを忘れてしまいそうな場所だと千太郎は思った。

そこを歩きながら、徳江はまた思い出したように語り始めた。

千太郎とワカナちゃんはただ黙ってそのあとを付いていく。

「生まれつき心臓が弱かったので、戦争には行かなかった人なのよ。でも、仕事はしていたの。なにをしていた人だと思う?」

さあ、と首をひねる千太郎。

「横浜のお菓子屋で働いてたの」

「へー……もしかして」

「そう。甘いものの知識は全部うちの主人からよ」

「そうだったんですか」

天生園に足を踏み入れて以来、初めて明るい声を千太郎は出した。横でワカナちゃんも「そうだったんだ」と続いた。

「背が高くてね、ヤシの木みたいな人だったんだけど。病気がわかって、勤めていた菓子屋をやめた時、野垂れ死にすると覚悟を決めたんだって。乞食同然で日本中を歩いたみたいで。そんなことをしていないで、一刻も早く療養所に入るべきだったのに」

「きっと、逃げ出したくなっちゃったんですよね」

そう言ったワカナちゃんの顔を見て、徳江は少し困ったような顔をしてみせた。

「そうね。そうかもね。それで、ここに連れてこられた時にはもう、病気は重くなっていたのね。私といっしょになったあとも、転げ回って痛みに耐えていたから。そりゃもう見ていられなかった。手に穴が開く神経炎だからね。それでもまあ、世間を恨んだりとか、神様に悪態ついたりとか、そういうことは滅多になかった人よ。我慢強い人だった」

「どうして……そんなことになっちゃうんだろう」

千太郎は徳江の顔も見つつ、「どういう意味?」とワカナちゃんに訊き直した。

「だって、ただお菓子を作っていた人がなんでそんな苦しみを受けなきゃいけない

んですか？」

「本当よね」

前をゆっくり歩きながら、徳江が「本当よ」ともう一度繰り返した。

「ここに収容された全員がそう思ったはずよ。本当に神様がいるなら、つかまえてなぐってやりたいようなことがたくさんあったもの」

「それは……あったでしょうね」

千太郎がそう受けると、徳江は首を縦に大きく振った。

「でもね、私たち……生きようとしたのよ」

徳江はそこで足を止めた。千太郎とワカナちゃんも立ち止まった。

「ここはその昔、火事になっても消防は来てくれない。犯罪が起きても警察も来てくれない。そういう場所だったの。患者同士で自治会を作って、なにもかも自分たちでやらないと生活していけなかったのね。お金でさえ、ここだけでしか通用しないものが作られたりしてね」

「お金まで？」

口を開いたままになったワカナちゃんに、徳江は「そう」とまた頭を振った。

「だから、みんなで力を合わせて生きていくしかなかったの。芸者さんをやってい

た時にこの病気になった人は、着物を手作りしたり、小唄や長唄を教えるようになって。先生だった人は、やっぱりここでも教室を作って子供たちに勉強を教えて。床屋さんだった人はハサミを持って髪を切る。そんなふうにしてね、みんなで生きていこうとしたの。洋裁部も和裁部もあったし、園芸部も消防団もあったの」

　徳江がまたゆっくりと歩き始めた。小さな花々が小道の横で揺れていた。この風景だけを切り取るなら、誰の目にも美しい雑木林に映るのだろうと千太郎は思った。

「みんな、社会でのなんらかの経験があるのね。着付けを教えていた芸者さんの言葉を借りるとね、それは……それぞれ器があるということで。だから私たちは迷わずに、うちの旦那とともに二人で入った部があるの」

　細やかな野の花を背景に、徳江が振り返った。付いて歩いていた千太郎とワカナちゃんも足を止めた。

「私たち、製菓部に入ったのよ」

「へーっ、そんなのあったんですか」

「あったの。昔からあったみたい。元は、お正月のお餅とか、春の草餅とかね、そんなのを作る程度の寄り合いだったみたいなんだけど。きっと、昔の菓子職人でここに来てしまった人が始めたんだろうね」

「それであん作り五十年と！」

ようやく謎が解けた思いで、千太郎は手を叩いた。

「あんだけじゃないのよ。洋菓子も作ったもの」

「それでどら焼きにクリームを挟んでくれたんだ」

ワカナちゃんが弾むように言うと、「そうだったね」と徳江は笑った。

「天生園製菓部か……」

「甘いものを作り続けてきたのね。そうでもしてないと、苦しいことばかりだったから。お菓子を作るのが挑戦だったし、闘いだったのね」

はあ……と息を引っ張りながら、千太郎はどんな言葉を返せばいいのかわからなくなっていた。ワカナちゃんも「すごい」と言ったきり、黙ってしまった。

「ご苦労様でしたね」

うん、まあね……と、徳江は答えると、仄《ほの》かな笑みを浮かべながら、「ご苦労様はあっちよ」と不自由な手で指をさした。

雑木林は灌木の茂みに変わり、小道はそこで終わっていた。

刈られた草地があり、石の塔がそこに聳《そび》えていた。

「うちの主人が眠ってるところ」

徳江はそう言うと、一歩ずつ塔の方へと近付いていった。

「昔はらい病患者が出たとわかったら、残された家族も出ていくしかなかったの。それぐらい周囲から拒絶されて。だから私たちの大半は戸籍から抹消されたままなのよ。吉井徳江という名前は、ここで新しくもらった名前」

「え？」

千太郎は徳江の顔を、次いで思わずワカナちゃんの顔を見た。ワカナちゃんは一度目を逸らしてから、あらためて千太郎の顔を見返した。

「本名、別なんですか？」

「そうよ。本当は違う名前なのよ」

「えー……そんな」

千太郎はそこで口をつぐみ、なにも言えずにただ黙り込んだ。ワカナちゃんも同じだった。石の塔の前で、三人の足が止まった。

「ここが、この天生園で亡くなった人たちの納骨堂」

「納骨堂？」

ワカナちゃんが聞き返した。

「私たちはお墓がないから。うちの主人の……義明さんもここで眠ってるの。もう

痛みからは解放されて、ここできっと、好きなおまんじゅうの夢でも見てるわ」

徳江が手を合わせた。

「義明さん、今日は若いお友達を連れてきましたよ」

徳江の小さな背中が千太郎の目の前にあった。千太郎は鳥かごを置き、ワカナちゃんとともに手を合わせた。

ヒヨドリの声が長く尾を引き、それに呼応するかのように、マーヴィーがジュジュッとさえずる。

「あのね……」

徳江が手を降ろした。

「私たちはようやく、ここから出られる時代がきたけど……それなら故郷に帰れるかというと、それは難しいの。私はもう母も兄も死んでるのね。妹と連絡はとれたんだけど、やっぱり……勘弁してくださいってことで、帰ることはできないの。うちの義明さんも身元の引き受けはなかった。ここに眠る遺骨は全部で四千体以上あってね。法律が変わって、みんな故郷に帰れると思って、一瞬でもそう喜べた時があって。でも、あれから十数年、引き取り手はほとんど現われなかったの。相変わらず世の中は、厳しいねえ」

徳江は他人事のようにそう言い、ワカナちゃんに向かって笑ってみせた。

「今日はつらい話をいっぱいしてごめんね。でも、私もこれだけのことを言えて、胸がすっとした。話を聞いてくれてありがとう」

ワカナちゃんは首を小刻みに横に振り、「もっといっぱい話してください」と言った。

「店長さんもありがとうね」

「いや。カナリアを預かってもらうのはこっちだし。それに、俺……ちょっと相談したいことがあるんで、また来てもいいですか」

徳江は千太郎に向かって一度うなずいた後で、「それはうれしいけど……」と少し含みがあるような返事のし方をした。

納骨堂からは広い道が続いていた。遠くに販売所や浴場らしき建物のシルエットが見える。まっすぐに来られた道であったものを、徳江はわざわざ遠回りをし、雑木林のなかを歩んできたのかもしれない。

今再び園の中央の方へと戻りながら、千太郎は背中を引っ張られているような気持ちになり、うしろを振り向いた。

納骨堂の塔がそこにあった。

四千体以上が、今なお帰れずにここにいる。

千太郎はじっと見下ろされているような気がした。

十九

その夜、千太郎は酒も飲まずに床に就いた。

悪寒《おかん》が走り、少し熱が出ているようだった。

千太郎は布団にくるまりながら、時計の針を逆に回すかのように天生園の風景をよみがえらせていた。

夕日に輝いていた納骨堂。雑木林を抜ける道。そこに咲いていた花々。故郷を思うための小さな土盛りの丘。お菓子を渡しにきた女性。そこでふと千太郎は、徳江が洟をかんでいたことを思い出した。

ハンセン病の伝染は洟水から……徳江はそう言ったのだ。

火照った身体にひやりとしたものが走り、千太郎は体をひねった。

なぜ？　と千太郎は思った。

徳江の病気は四十年も前に治っている。元患者という言い方もはばかられるほど歳月は過ぎているのだ。それが誰よりもわかっていながら、なぜこんな気持ちになるのだろう。この不安はどこから来るのか。

あの子は大丈夫だろうか。体調を崩していなければいいが……。

熱っぽい額に手をやりながら、千太郎はワカナちゃんのことを思った。

天生園からの帰り、ワカナちゃんはずっと下を向いていた。二人ともそれぐらい揺さぶられた一日だった。

徳江と別れたあと、千太郎とワカナちゃんは天生園に隣接するハンセン病資料館にも足を運んだ。そしてその広い空間を、ほとんど言葉を交わすこともなく歩いた。闇に埋もれていた無数の嘆息。そうとしか言い様がないものとの出会いがそこにはあった。行って良かったのか悪かったのかと問われれば、それはもちろん良かったに決まっている。千太郎は正直にそう思う。その理由をきちんとは語れないにしろ、苦難を生き抜いた人々の証言から、自分はなにかを与えてもらったと強く感じるのだ。だが、それと等しく、目を開こうが閉じようが消えてくれない目眩《めまい》の種も植え付けられた。

展示のなかに、「舌読」と題された写真があった。

ハンセン病を重く患った結果、視力も末端神経も奪われてしまった一人の老患者の写真だった。指先が麻痺しているため、彼は本を開いても点字の凹凸を感じられない。だから点字を舌で舐《な》めていた。舌先で文字をひとつずつ追い、そうやって読書をしていた。たとえばその写真が……背筋を伸ばした老人が本を舐めているその姿が千太郎の頭から離れないのだ。

こうした写真が資料館には多数あった。指を失った手でハーモニカを包むように持ち、グループで演奏している男たち。丸まった手で陶芸に専心している老人。これまで、自分とはまったく関係のない人たちだった。それなのに今、彼らは内側に入りこんできて、なにかをささやこうとしたり、困ったような顔で見つめてくる。それが辛くて千太郎は体を折る。熱っぽい息を吐く。

千太郎はあの雑木林の道のことを考える。

どれだけの人が、木々に囲まれたあの小道を歩いたのだろう。すべてを遮蔽《しゃへい》する柊の垣根を、みんなどんな思いで眺めたのだろう。

それはかつて自分が塀のなかで抱いた敗北感とはまったく別種のものだろう。自分には罪状があった。彼らにはなにもない。自分はそれでも期限付きの幽閉だった。彼らは生涯出ることができないと法が定めていた。

もし自分がその立場なら、いったいなにを考えてあの敷地を歩むだろう。そこにあるのはとてつもない憤りだろうか。それともすべてを忘れようとする覚悟だろうか。そんなことを考えているうち、千太郎はいつのまにか自らの足で小道を歩いていた。木々の深い方へと進んでいく。

しばらく行くと草を刈られた小さな広場があった。その端で、粗末な袷を着た少女が一人佇《たたず》んでいた。

千太郎にはそれが誰なのかすぐにわかった。

病名を伏せられたままここに連れてこられた十四歳の少女。

泣いて、泣いて、涙が涸れるまで泣きはらした徳江だった。

千太郎は徳江の背後に立ち、なにか慰めの言葉をかけようとしていた。でも、なにをどう言ったところで彼女を励ますことはできないということも知っていた。

この少女の気持ち……顔が崩れていくかもしれないという不安、生涯この垣根の外には出られないと宣告された少女はこれからどこに希望を見出せばいいのか。

千太郎はただ突っ立ったまま、少女の後ろ姿を見つめていた。

悪意のある誰かが彼女を弄《もてあそ》んだのだとしても、いつかその苦しみには終わりがくる。そこから抜け出すことができる。たとえ世間すべてが敵だとしても、時代が変

われば、きっとまた日の当たる場所を歩くことができる。だが、生まれて十四年しかたっていないこの命をいじめ抜いたのは……。

千太郎はそこで息が詰まりそうになった。

そう。お前など生まれてこない方が良かったのだと彼女にささやき続けたのは……その先頭に立っていたのは……神なのだ。

一生苦しめてやると、神が言い切ったのだ。

それがわかった時、徳江は生涯というものをどう捉えたのだろう？　生きていくことをどう考えたのだろう？

声を押し殺して泣いている十四歳の少女。

千太郎はそれ以上近付くこともできず、林の道をそっと引き返した。

二十

木枯らしが吹いた。

店の前の桜が小刻みに震え、わずかばかり残った葉を躍らせていた。通りを行く

人たちはコートに身を包み、首まわりをマフラーで覆っている。

徳江が去ってから、もう一月以上が過ぎていた。年の瀬である。

売上に変化は見られなかった。落ち込んだままだった。頻繁に顔を出すようになった奥さんは帳簿を前にして、「年を越せないね」と言うようになった。

内も外も底冷えだった。それでも、千太郎の粒あんはいい意味で変化しているようだった。幾人かの客に、「あんがまたよくなったね」と言われたのだ。

このところ千太郎は酒を控えている。そしてまた早朝からあんを仕込むようになった。徳江のやり方をできる限り踏襲《とうしゅう》し、火加減、水加減、時間の割り振りにも気を配りながらサワリに向かっている。師匠のあんに近付けたと思う日もたまにはある。

ただ、それで売上復調となるほど世は甘くなかった。原因がなにであるにしろ、商売の世界では、一度離れた客は戻ってこないという。千太郎はそれを直《じか》に味わっていた。奥さんまでが、「いっそのことどら焼き屋は閉めて、お好み焼きとかにした方がいいんじゃないかね」と言う。少し前までの千太郎なら、それもありですかね、とうなずいたかもしれない。だが、今の千太郎はやんわりと、しかし精一杯の抵抗で首をひねってみせる。

鉄板の前からあれほど逃げ出したいと思っていたくせに、千太郎はどら春の看板を降ろすことに賛成できなかった。なぜなのかと問うてみても、それがよくわからない。ただ、このまま店を閉じることだけは避けたいという気持ちが強かった。

千太郎が店の郵便受けに封筒を見つけたのは、朝から冷たい雨に降られた日だった。仕込みを終えて顔を上げると、シャッターの郵便受けにそれが差し込まれていた。封筒には見覚えのある文字があった。

どら春店長　辻井千太郎様

前略。お元気でいらっしゃいますか。すっかり寒くなってきて、冬の様相ですね。私はまだ、治りの悪い風邪と付き合っております。寝たり起きたりの繰り返しです。

さて、その後のどら春はいかがでしょうか。ひょっとしたら、店長さん、元気をなくされているのではないですか。なんとなく私にはそう感じられるのです。

天生園にいてできることのひとつに、風の香りをかいだり、木々のざわめきに耳を傾けたりがあります。私はもう六十年もそれをやっています。言葉を持たないものたちの言葉に耳をすますこと。私はそれを「聞く」と呼んでいます。

あんを炊いている時、私はよく店長さんになにをしているのかと尋ねられましたよね。小豆に顔を近付けている私に、なにか聞こえるのですかと店長さんはおっしゃいました。私は「聞く」という言葉以外持ち合わせていませんでしたが、そう答えても店長さんは迷うばかりだろうと思いましたので、なんとなくあいまいなままにしておきました。

小豆の顔色をよく見ること。小豆の言葉を受け入れてあげること。たとえばそれは、小豆が見てきた雨の日や晴れの日を想像することです。どんな風に吹かれて小豆がやってきたのか、旅の話を聞いてあげることです。

この世にあるものすべては言葉を持っていると私は信じています。どんなものでも、商店街を通る人たちはもちろんのこと、生きているものなら、いえ、陽射しや風に対してでさえ、耳をすますことができるのではないかと思うのです。店長さんにとっては、口やかましいお婆さんだったかもしれませんが、その割には肝心なことを伝えられなかったという悔いが残りました。

天生園の森を歩きながら、私は今でもどら春のことを思いますし、店長さんやお客さんのお嬢ちゃんたち、そう、ワカナちゃんのことなどを思います。妹との縁が切れてしまった以上、世間で暮らす人には知り合いがほとんどいません。あとどれ

だけ生きられるかわからない今、店長さんやワカナちゃんは、私の家族のように感じられるのです。

そのせいでしょうか。店長さんのことを考えると、柊の垣根を越えてやってくる風が、なにか不穏をささやいているような……虫の知らせというものですが、店長さんに声をかけた方がいいと言っているように感じられたのです。

おそらくは私が原因でなんらかの噂が広まったのでしょう。その困った状態が、まだ続いているのではないですか。もしそうだとするなら、私が引き際を誤ったせいです。こちらに非はないつもりで生きていても、世間の無理解に押しつぶされてしまうことはあります。智恵を働かせなければいけない時もあるのです。そうしたことも伝えるべきでした。

ただ、今は私も店長さんも、そこを乗り越えていかなければなりませんね。嘆いてもしょうがないのです。和菓子の職人として、ぜひここを突破して下さい。

店長さんはいずれ、店長さんらしいアイデアで、ご自分のどら焼きを完成させる人だと思います。私はたしかにずっとあんをこしらえてきましたが、私のやる通りにはしなくてもいいのではないでしょうか。こうしたものは思い切りです。これが自分のどら焼きだと言い切れれば、そこからまた新しい日が始まるのだと思います。

どうぞ、ご自分の道を歩まれて下さい。店長さんにはきっとそれができます。

追伸

マーヴィーちゃんは元気です。菜っ葉が大好きで、レタスの葉っぱを一日一枚ずつ食べてくれます。ただ、気になるのは、マーヴィーちゃんがそろそろ外に出たいよと言いだしていることです。どうしたものでしょうね。また、ワカナちゃんと遊びに来てください。その時に相談しましょう。

吉井徳江

千太郎は鉄板の火を熾《おこ》すことも忘れたまま、徳江からの手紙に繰り返し目を通した。波のように揺れる独特の文字。そのひとつひとつから徳江の声が聞こえてきた。まるですぐそばに徳江が立っているかのように。

どのみち客は少ない。千太郎はコンビニまで便箋を買いに走った。

吉井徳江様

風邪でおつらい時だというのに、手紙をありがとうございました。店のなかで何度も読みました。こんなふうに励まされたことは、久しく記憶にないことです。

今日からは徳江さんと呼ばせて下さい。

「聞く」という言葉、いいですね。徳江さんが小豆に顔を近付けていた理由、そういうことだったのですね。小豆の可能性を引き出すために、徳江さんは五十年の経験からそのひと粒ずつを入念に見ている。俺はてっきりそう思っていました。火加減とか、渋抜きの回数とか、あくまでも物理的な意味でそうされていると思っていたのです。それがまさか、小豆がどこで生まれてどう育ったのか、そのささやきにまで耳を傾けようとしていたなんて思いもよりませんでした。

もし徳江さん以外の人からこの話を聞かされたら、俺は信じなかったかもしれません。なぜなら俺はまだ、そうした意味で言葉を「聞いた」ことがないからです。徳江さんには言っていませんでしたが、俺は実の母の言葉すら聞かずに来てしまっ

たのです。

俺は徳江さんとは別の理由で、社会には出られない時期を過ごしました。自分からは言わないことにしてきたのですが、そのことはもう、徳江さんには伝えても良いような気がします。どら春を手伝うようになる数年前のことですが、俺は大した理由もないままに法を犯しました。その結果、塀の内側に身を収め、狭いところから区切られた空を見る日々を招いてしまったのです。

母は何度か面会に来てくれました。いつも互いに押し黙ったままで、二、三の言葉を交わしたに過ぎません。母は俺がそこから出る前に逝ってしまいました。父親が気付いた時にはもう死んでいたのです。脳出血でした。

詫びるということであれば、もちろん俺は母にその思いを伝えています。ただ、交わす言葉の少ない時期でしたから、それ以外はなにも伝えられていないし、また、なにも聞いてはいないのです。そのことが今でも苦しく、胸をつぶされるような気分になる時があります。俺は母親さえも犠牲にし、いまだになお、敗北者として暮らしているのです。

自分のことばかり書いて申し訳ないです。そんな人間なのです。

でも、徳江さんとあんを作った日々を通して、わずかに変わったのかもしれませ

ん。金を返したらやめる気だったどら春に対し、今はなぜか執着を感じています。この変化を与えてくれたのは徳江さんです。だから俺は、徳江さんの感じ方を信じます。自分にはまだないですが、あらゆるものが言葉を持つというその感受性はいいなと思います。

どら春は今も奮闘が続いています。誉めてくれるお客もいますが、まだ俺のあんでは集客に遠いようです。正直言って、風前の灯火です。追い詰められていることへの煩悶《はんもん》が、風に乗って徳江さんのところまで行ってしまったのでしょうか。

先日の訪問では、カナリア以外にもうひとつお願いしようと思っていたことがありました。でも、あの日は見たこと聞いたことがあまりに大きく、それを伝えることができませんでした。

風邪ひきの徳江さんの心配をするべきなのに、また自分の都合というやつですね。でも俺はまだ、徳江さんに教えてもらわなければいけないことがあるのです。徳江さんの真似をして、ある程度の粒あんは作れるようになりました。しかしそこから先、自分らしいどら焼きとなると、なにをどうすればいいのか、どっちに向かって歩んでいけばいいのか、まったくわからなくなるのです。

徳江さんがおっしゃる通り、自分らしいどら焼きを世に送り出せるようになれば、

再び客が並ぶ時が来るかもしれません。きっとそれでどら春も救えるし、自分にとっても区切りになるような気がします。あとなにかひとつなのです。そしてそれは、菓子というもの全般について、もう少し徳江さんに教えてもらうなかで、なにか見えてくるのかもしれないという予感があるのです。ぜひまた天生園にうかがわせて下さい。

なお、カナリアのことはワカナちゃんとも相談してみます。ただ、ワカナちゃんも中学三年生とあって、今は受験で忙しいかと思います。二人そろって天生園に行けるのがいつになるのか、今はそれを確約できませんが、いずれにせよ、時間ができたら俺一人でも徳江さんに会いに行くつもりです。その時にいろいろと話をさせてください。

それでは風邪をこれ以上こじらせないように。

自分のだめなところばかり語って申し訳ありません。

ずいぶんと冷え込むようになりました。くれぐれもお身体に留意されてください。

辻井千太郎

二十一

年が明けた。

正月三が日は一度も晴れず、雪まじりの雨が降った。

千太郎は店を休まなかった。一人で屠蘇《とそ》をやっても仕方がないと、暗いうちから製あんに勤しんだ。そして早い時間からシャッターを開けた。このあたりの人たちは、駅向こうの神社へ詣でる。その人出を当てにしての正月営業だった。

だが、売上はやはり芳しくなかった。年明け早々、帳簿を見にきた奥さんは「他の食べ物屋にしようよ」とつぶやいたあとで、わざととしか思えない大きなため息をついた。お好み焼き屋うんぬんと言いだした頃はただの思いつきだったのかもしれないが、繰り返し話しているうち本気になってしまったようだった。その場合でも働いてくれるかと、奥さんは訊いてくる。

千太郎は首を縦に振らなかった。

「もう少しどら焼きで頑張ってみましょう。大将が始めた店ですし。だいたい、俺もまだ借金が残ってますし」

奥さんは中途半端にうなずき、唇をぎゅっと曲げた。

「商いを続けられるなら、なんだっていいんだよ。生きていくためなんだから」

もちろんそれも一理あると千太郎は思った。でも、やはり賛成はできなかった。これだけ製あんにこだわっても、うまくいかないのが商いなのだ。どんなジャンルの商売であれ、なんだっていいという姿勢で店をやっていけるとは到底思えなかった。

さらにもうひとつあった。こちらの方が千太郎にとっては大事だった。徳江の製あん技術は、今自分が受け継がなければこの世から消えてしまう。それは技術であるとともに、吉井徳江という一人の女性が生きた証ではないのか。


その徳江から寒中見舞いが届いたのは、一月も半ばを過ぎ、奥さんと店の今後についてひとしきりやりあった日だった。奥さんの頭に、もうどら焼きはないようだった。千太郎はいつも通り、もう少し辛抱しましょうと主張したが、その根拠について説明することができなかった。

もちろん、千太郎の内側にも苛立ちはあった。来なくなった客の顔を思い浮かべると、毒づいてやりたいような気分になる。

だが、手にしたハガキにあの独特の文字を見た時、千太郎は少し気持ちを取り直した。ハガキには、体調を崩して年末年始を寝込んだこと。そのために年賀状を出せなかったことの詫びが綴られていた。加えて、『ようやく回復しました』とあり、次のように記されていた。

『もし良かったらまた天生園にいらっしゃいませんか。その時、森山さんと製菓部の活動を復活させようと思います』

厨房で一人千太郎は、「うかがいます」と答えていた。

「どのみち、客が少ないんだから」

天生園は相変わらず静まり返っていた。葉を落とした木々のせいだろうか、その深閑ぶりがいっそう際立ったように千太郎には感じられた。空は晴れ渡っているものの、園を吹き抜ける風はとびきり冷たい。

千太郎は前回と同じ路を辿り、待ち合わせ場所となった販売所を目指した。すれ違う人はいなかった。人影のない通りを千太郎は黙々と歩いた。そして販売所の玄関をくぐったところで、足が止まった。

「吉井さん……徳江さん」

焼き菓子のチュイルを差し入れてくれた森山さんが徳江の隣にいた。千太郎は動揺を顔に出さないように努めながら、「どうも、ご無沙汰をしています」と二人のテーブルに近付いていった。

千太郎が驚いたのは、徳江の変わりようだった。

一月会わなかっただけなのに、何年もの歳月が流れたかのように容姿が変わっていた。徳江は笑顔を返してくれたが、目はくぼみ、頬がずいぶんとこけていた。

「徳江さん、風邪、きつかったようですね」

「ふふっ。店長さん……名前で呼んでくれるのね」

棕櫚《しゅろ》の皮のように毛羽立った白い頭を、徳江は曲がった指で掻いた。

「この人、ひどく弱った時期があってね。店長さんに連絡をしなければと思った時もあったのよ」

森山さんは後遺症の残る顔で、徳江が寝込んだ時の様子を真似てみせた。ムンクの絵を彷彿《ほうふつ》とさせるような表情だった。

「やめてよ。やっと治ったんだから」

「すいませんね。旦那さんのあとを追ってあっちに行っちゃうのかなと思ったもので」

「まだまだよ。うちの店長さんに製菓部のあんを教えなければいけないんだから」

やつれてはいても、徳江の言葉には意外なほど明るい響きが含まれていた。

「本当に、もういいんですか？」

千太郎が顔を覗き込むと、徳江は避けるように手を振った。

「もう大丈夫よ。お正月はきつくて、寝込んじゃったけど」

「肝心な時になにも気付かずで、申し訳ありません」

「いいのよ。こうやって来てもらえるだけで、私は嬉しいもの」

千太郎と徳江に気を遣うように、森山さんは一度テーブルを離れた。そして両手で盆を抱えてやってきた。

「はい、お待ち」

盆には三つの椀があり、柔らかな湯気を立てていた。

「奥のレンジで温めてきたのよ」

「ああ、これは……」

徳江が「お正月のやり直しね」と手を合わせた。森山さんの声も弾む。

「製菓部特製のぜんざいよ」

椀のなかで、あの独特の粒あんが光っていた。小豆が輝きながらつながっている。

深く甘い香りが湯気とともに広がり、周囲の席までをも包みこむようだった。「なんだ。いいなあ」という声がどこかのテーブルから聞こえてきた。

「どうぞ。召し上がれ」

森山さんが千太郎の前に椀を差し出した。

「店長さん、熱いうちに。甘党じゃなくても大丈夫よ」

徳江も促してくる。正直な話、千太郎は丸々椀一杯のぜんざいを平らげたことなどこれまでに一度もなかった。だが、一口味わったところで自然と顔が緩んだ。

「うまい……」

思わず出た言葉だった。甘味によって頬や首の緊張がほぐれ、追って安堵にも似た感覚が頬に広がった。

「トクちゃん、ほら、あれ」

「あ、そうそう。店長さん、これも」

千太郎の顔を見ていた徳江が、バッグから小型のポリ袋を出した。入っているものを小皿に盛る。

「それ、おいしいよ。トクちゃんお手製の塩昆布」

「塩昆布?」

森山さんは、「これがないとね」とひとかけらをつまんだ。「やっぱり相性がいい」と一人うなずいている。

千太郎も昆布に手を出した。幅も長さも適当に切り分けられた塩昆布だった。しっとりとした歯ごたえとともに、梅の香りが鼻の奥を撫でていく。

「あれ、これ……梅が」

「そうね。梅も紫蘇《しそ》も使ってるから」

へーっ、と感嘆しつつ、千太郎はまたぜんざいを味わう。

「すごいな……」

千太郎はまじまじと二人を見た。

「これ、ぜんざいも昆布も、どうやって作るんですか?」

ひとことで答えられるはずがないと知りながら、千太郎はそう訊いていた。そういう形でしか気持ちを伝えられなかった。徳江は失笑した。

「そんなに難しいものじゃないのよ。もうこれはうちの製菓部の伝統で……毎年、お正月には振る舞うの」

「そうなのよ。今年はトクちゃんが寝込んでたから、ぜんざいはなんとか私が作ったんだけれど、塩昆布は市販品だったの。今日は店長さんがいらっしゃるというこ

とで、トクちゃんようやく腰をあげたのよ」

「ありがとうございます」

千太郎は礼を言いながら、椀を空にしそうになっていることに気が付いた。

「俺、本当に……こんなぜんざい、初めてだなあ」

「良かったね、トクちゃん。気に入ってくれたみたいで」

「だって、甘みがこんなにも柔らかくて……昆布の塩っけがまるで、花が咲いたみたいで」

「ぜんざいそのものにも塩を散らしてあるのよ。ただ、昆布があるから、ほんのぱらぱらとわからない程度にだけど」

徳江はそこでようやく自らも一口を味わった。遠くを見るような目をしたあとで、こけた頬を緩ませて笑った。

「ちょうどいい按配《あんばい》だね」

千太郎も森山さんも大きくうなずいた。

「店長さん」

「はあ」

徳江は椀を置くと、まっすぐに千太郎の顔を見た。

「私のあんは、たぶんほんのわずかだけど、塩が多いの」

「ああ、そうですよね」

「逆に……そうね、店長がお店で使っていたあん。あれ、まったく……」

「あの中国製の……。そうなんですよ」

「だからべったりして、甘みにもキレがなかったように思ったのね、私」

その通りだった。

好みによると言ってしまえばそれまでだが、千太郎の場合、一口二口で胸がいっぱいになってしまうあんは、決まって無塩のものだった。そうではないあんにはいつもかすかな塩気があった。

「店長さんのように、お酒を飲む男の人は、少し塩気のあるあんの方が向いているような気がするのね」

「ああ、だから俺」

「甘いものが得意じゃない店長さんが、私のあんだと少しは食べられるというのは、塩の助けもあったんでしょう」

「いや、徳江さん、小豆の扱いが抜群だから」

「でも、塩気がまったくなかったら、食べづらかったでしょう」

「そうかも……」

森山さんが「ここにいる人たちも同じよ」と周囲に顔を向けた。

「男の人に出す時は、少し塩を増やした方が受けがいいの」

徳江が続く。

「店長さん。いつもの粒あんと、今日のぜんざい。どっちの塩が多かったと思う?」

「え?」

千太郎は訊かれていることがわからず一瞬首をひねったのだが、考えているうち、塩昆布を盛った皿に目がとまった。

「ぜんざいかな。塩昆布もいっしょに食べたから」

「そう、大きな違いよ。だからお椀でいけたのね」

「飲んべえですから」

「塩気のあるあんなら、食べるのはそう苦にならない」

「そうです」

「でも、店長さんはあんを作る時、塩をたくさん入れたりはしないわよね」

「そりゃ、まあ、塩を入れ過ぎたらなにもかも殺しちゃいます」

「それなら、今日のぜんざいは？　塩昆布なんて、けっこうな塩分よ」

「ええーと……徳江さんがおっしゃりたいことは？」

やつれた表情をしていた徳江だったが、そのくぼんだ目が笑っていた。森山さんは黙って徳江の顔を見ている。

「あんを作る時は、わからない程度に塩を使うの。でも、ぜんざいの時は、塩昆布なんていうはっきりとしたものと組み合わせるのよ。だったら、どら焼きを作る時にもこれまでとは違った考え方で塩を使ってみたら？　それが店長さんみたいにお酒好きな人の、新しいやり方だと思うのね」

森山さんが、ぽんと手を叩いた。

「あるものね。塩饅頭も、塩大福も。逆転の発想だ」

「あー、ということは……塩どら焼き？」

「時には自分の好きなように動いてみるのもいいと思うよ」

はあー、と息を引っ張り、森山さんが感心したようにテーブルを叩いた。

「昔からこうなのよ。とにかくトクちゃん、製菓部一のアイデアウーマンだから」

「なんにも入っていない頭を無理にひねっているだけよ」

森山さんが体を乗り出してきた。

「店長さん、トクちゃんの言うことはだいたい当たるのよ。こうなったら、その塩どら焼きを作ってみるしかないわね」

「塩どら焼き？」

「売れるよ」

森山さんがそう言い切った。うん、と徳江もうなずく。

千太郎は二人に頭を下げた。

「あの、ぜんざいをありがとうございました。それに、新しいアイデアまでいただいて。毎度のことですけど、なんてお礼を言ったらいいか」

「いいのよ、ただの閃き話なんだから。それよりも……」

徳江は森山さんの顔を見てから、くぼんだ目をあらためて千太郎に向けてきた。

森山さんは椀を盆に載せ、「洗ってくるね」と席をたった。

徳江が小声になった。

「ここであらためて訊こうとは思わないのだけど……店長さん、教えてくれてありがとうね」

「はあ」

なにを言われているかがわかり、千太郎は無言で頭を下げた。

「お母さん、残念だったね」

「はい」

「お父さんはまだ、ご健在なの？」

千太郎は黙ったままうなずいた。

「じゃあ、会いに行ってあげた方がいいね」

「なかなか、きっかけがつかめません」

「そう？」

「全部自分のしでかしたことなんですけど。特に母に対しては、取り返しのつかないことをしてしまったというか……」

「でも、全《まっと》うしたんでしょう。刑期」

「はい」

「それなら、やり直さないと」

千太郎は徳江の顔を見られず、テーブルに目を落としていた。小皿に盛られた塩昆布をじっと見る。

「どうしたらやり直せるんだろうって、俺もずっと……。先代に救ってもらって、あそこの厨房に立つことになったんですけど……毎日逃げることばかり考えてい

て」

「だって、甘いもの得意じゃなかったんだものね」

「はい。でも……」

千太郎は、そこで息を吸い込んだ。

「でも、今は店を続けていきたいと思ってます。自分なりのやり方で」

「そうね。店長さんらしいどら焼きがきっと生まれるような気がするの。それにね」

「はい」

「本当のことを言うと、粒あん作りについては、もう教えることがないのよ。だから、あとは好きなようにやればいい。自信をもってやればいいだけよ」

徳江はくぼんだ目を潤ませながら、「きっとできるよ」と言った。

二十二

塩どら焼き。

言うに易い命名ではあったが、商品化となるとそう簡単ではなさそうだった。赤穂《あこう》の天塩《あましお》や、伊江島のやんばる塩など、千太郎は業者に頼んで名の知れた塩を届けてもらった。だが、塩の質を問う前に、どら焼きのどこにどう塩を使えば新しい和菓子になるのか、その見当がまったくつかないのだった。

千太郎はまず、粒あんに混ぜる塩の量を単純に増やしてみた。従来であれば、仕上げで四キロのあんを練る際でも、含ませる塩は指先で軽くつまめる程度、せいぜい一グラム前後である。これを二グラム、三グラムと増やしていく。

すると不思議なことが起きた。

千太郎は普段から甘味のなかの塩を、清流に揺れる水藻の花のように感じていた。甘味に押し切られず、それでいてはかない。そこが爽快なのだ。だが、そう感じられるのは塩が本当に微量な時だけだった。塩を少々増やしてみると……具体的には、全体四キロにつき塩三グラム以上を混ぜると、あんは急に粗忽《そこつ》なものになった。どら焼きとして使える代物ではない。塩が効き過ぎたスープが飲めないのと同じで、按配を越えれば人に出せるものではなくなってしまう。

つまり、あんに加える塩は、千太郎がどう頭をひねってみたところでこれまで通りのやり方しか考えられないのだった。あんを練りながら、ごく控えめな、かすか

な塩分を混ぜ込む。できることはそれで最大限だったし、唯一であるように思えた。

では、どうしたらいいのか。当たり前の発想として、残りはもう皮しかなかった。千太郎は生地を練る際に、実験的に塩を混ぜてみることにした。

これまでと同様、素材配分の基本は三同割である。からを割る前の卵の重量と砂糖、薄力粉をきっちり等量で練っていく。加えて、膨張剤としての重曹、蜂蜜や味醂、わずかな緑茶粉が風味付けとして入る。ここに塩を散らす。

生地を小型のボウルに分けていき、投入する塩の量をそれぞれ少しずつ変化させていった。塩分の濃さを変え、数種類の皮を焼き上げた。すると偶然にもそこへ、病院帰りの奥さんが顔を出した。帳簿のここ数日分の記録に目を通してから、「ひどいもんだね」と舌打ちをする。千太郎は「新しいのを試しているところです」と答えた。

糖分が恐いからと、奥さんはどら焼きを避けていた。だが千太郎にそう言われて興味が湧いたのか、「どれ」と久しぶりに手を伸ばしてきた。

「なんだか、塩っぱいね」

返ってきたのは、ごく率直な物言いだった。

「だって、塩どら焼きですから」

「なんだろう……水を飲みたくなるね、これ」

「もう少し薄塩のものもあるので」

「貧しい感じがするよ」

貧しい？

その言葉に少々引っかかり、千太郎もまた作ったばかりのものを口に含んでみた。ゆっくりと嚙み、味わっていく。

「そうですか？　意外といけるじゃないですか」

これは千太郎の正直な感じ方だった。なにか新しいものに触れたような気がしたのだ。ふわりと甘いはずの皮が、さっぱりした塩気を送ってくることの面白さ。だが、二口三口とやっているうち、千太郎も奥さんの言っていることが徐々にわかってきた。最初の味わいとは違い、しつこさとして塩気が残る。同時に皮のふくよかさが失われていく。仕掛けが見え過ぎることとの浅ましさ。

「なるほど……」

食べきったところで、千太郎は奥さんの顔を見た。

「次を食べようという気にはならないか」

「人目は引くかもしれないけどね。試しに売ってみてもいいけど」

奥さんの声には張りがなかった。千太郎にとっては、「賛成しないね」と言われたのと同じだった。

とはいえ、どら春のなにもかもが切羽詰まっていることに変わりはなかった。新しい趣向のものを考えなければ先はない。

「何度も言うけど、このままではうちはやっていけないのよ。いい加減、どら焼きに見切りをつけてもいいかなと思うんだけどね」

いつもながらの言い方に加え、奥さんは一歩踏み込んできた。ガラス戸の向こうを指さして、「あの桜が咲く頃には、気持ちを新しくしていたいね」と言う。

「千太郎さんはどう思う？　ここはひとつまっさらな気持ちになって、お好み焼き屋がいいと思う？　それとも焼き鳥とかはどうかね？　お酒を出せた方が、千太郎さんもいいでしょう」

「いや、俺は前にも言ったように、どら焼きを諦めない方がいいと思います」

「だって、実際にもう客が集まらないじゃないか」

それは吉井さんのことがあったからで……と口にしそうになり、千太郎は慌てて空気を飲み込んだ。

「あの、もう少し、辛抱してもらえませんか？」

「辛抱ったって……」

「改装して、新しい店を開く余裕があるなら、今一度どら焼きに賭けてみませんか？」

「変だね、千太郎さん。あんた、どら焼きなんてちっとも好きじゃなかったくせに。ただ借金でうちとつながっていただけだって、私、わかってるんだよ。それなのに、どうして今頃そんなふうに頑張るふりをするのさ？　お好み焼き屋ならお酒だって出せるし、そっちの方があんたにとってもずっといいじゃないか。なんで今さら、どら焼きにこだわろうとするの？」

「はあ……まあ」

「それにね。改装してやり直すなら、まさに今なんだよ」

「どうしてです？」

「私の蓄えだってもうわずかなんだよ。時期を見失うと、ここでの商いそのものを手放さなきゃいけなくなるだろう。それ、わかるかい？　それこそうちの人への裏切りだよ。余力があるうちに動かないと、にっちもさっちもいかなくなって行き倒れってことになっちゃうんだよ。千太郎さんだって、どうするのさ」

　奥さんは続ける。

「しかも、挙げ句の果てがこれかい？　塩どら焼き」

「いや……」

奥さんは食べかけのまま放っておいたどら焼きを、もう一度口にした。

「冷めると余計に塩辛い。食べてごらんよ」

促されて、奥さんがちぎって突き出してきたものを千太郎は頬張った。たしかに温かな時とは質感が違っていた。塩が必要以上に強く感じられる。

「新しいものをって、努力してもらうのはありがたいんだよ。だけど、現実は現実だからさ。今が一月の終わりで……。じゃあ、こうしてもいいかい？」

「はあ」

「二月までの売上で判断させてよ。来月にさ、前みたいに売上が伸びるようなら、このままどら焼き屋を続ける。だめだったら諦める。大阪風の粉もの屋がいいなって、私は思っているの。お好み焼きもたこ焼きも両方こしらえてね。そのカウンターで飲めるようにしてさ。そうなりゃ、客の単価も増えるだろうし。ね、あんたもずいぶんお金を返してくれたんだ。もう借金のことはいいよ。二月まで返せるだけ返してくれたらそれでいい」

「え？」

「ほとんど返してもらったんだよ。あとはいいよ。だから潔く行こうよ、千太郎さん。季節が変わる時というのは、人生にもあるんだから」

千太郎はかなり遅れて「はい」と返事をした。

「なにもかも来月で区切りということよ。ね、わかったね」

「わかりました」

奥さんは塩どら焼きの残りを丸皿にのせ、ぐいっと押し戻してきた。

二十三

吉井徳江様

お元気ですか。寒い日が続いていますが、どんなふうにお過ごしでしょう。あれからまた風邪などひかれていませんか。

こちらは、奮闘が続いています。

実は、徳江さんに言われたことをヒントに、さっそく作ってみたんですよ。

そうです。塩どら焼き！

最初はあんに入れる塩を増やしてみましたが、これは失敗でした。塩の量は普段徳江さんが使っていた量がベストだということがよくわかりました。さすがです。つまり、あんはなにも変わっていません。

では、なにをもって塩どら焼きと呼ぶのか。単純に過ぎますが、生地の方に塩を入れてみました。

これはなかなか面白いどら焼きです。皮が温かいうちに食べると、これまでにない味わいがして、「お、いけるかも」という気にさせます。ところがそのうち、塩が少ししつこい感じになってくるんですね。隠し味のはずが表に出過ぎてしまうというか。もちろん、そう感じさせないために塩は微量に抑えているのですが、しかし今度はこれを控え目にし過ぎると、一口目の驚きがなくなります。

ということで、皮に塩というアイデアもなかなか難しいです。きっと、あんにしろ皮にしろ、その全体に塩を溶け込ませるというやり方ではないのでしょう。ぜんざいをいただく時に塩昆布が効いたのは、それをアクセントとして口にするからだと思うのです。仮に塩ぜんざいというものがあったとしても、ぜんざいそのものに過分の塩がまぶしてあったら、それはやはり抵抗があるものになると思います。

わかりません。ぜんざいと塩昆布のような溶け合わない関係で、なおかつどら焼きを引き立ててくれるもの。今のどら春の状況からしてあまりゆっくりとは考えていられないのですが、徳江さんに教えていただいた「聞く」という姿勢を通じてなにかを得られればと、まだ希望は捨てていません。

とはいえ、売上は低迷したままです。このところは四日に一度の製あんで間に合うようになりました。つい半年前の忙しさが嘘のようです。

毎日耳を澄ませて、言葉を聞こうとしています。ただ、まだ聞こえる言葉がないというのが俺の現状なのです。またいつか、暖かくなった頃にでも、天生園に遊びに行きたいと思います。今度はワカナちゃんも連れていきますね。その時に、カナリアを野に放すかどうかも決めたいと思います。

すいません。今回は弱音を吐きまくりでした。ただ、徳江さんにはいい格好をしても仕方がないと思ったので、本音の部分で書かせてもらいました。

まだまだがんばります。俺の耳にも、お菓子の神様の言葉がささやかれますように。

どら春より　辻井千太郎

辻井千太郎様

前略。

私が勝手に言ったことで、店長さんを振り回してしまったようですね。

ごめんなさい。

たしかに、塩の使い方は難しいです。塩味の料理なら問題ないのでしょうが、甘味のなかの塩となると、これは絶対に目立ってはいけないという鉄則があります。微量、という量以上には使えないでしょう。だとすれば店長さんが指摘された通り、アクセントとしての塩気なんでしょうね。たしかにぜんざいと塩昆布の関係はそういうものです。

でも、いいところに気付かれたのではないでしょうか。店長さん、きっとここがみそだと思いますよ。ぜんざいと塩昆布も最初は無関係なものだったでしょう。それを誰かが組み合わせて、甘いものが好きな人も、辛いものが好きな人も食べられるようになったのです。

どら焼きはそれだけで完璧な和菓子ですが、そういう目で見るなら、なにかいいコンビになるものが見つかるかもしれません。私も考えてみますね。今はまだ耳を澄ませても、なにも聞こえてこないかもしれませんが、どうぞ諦めずに努力を続けて下さい。

どんな夢にしろ、いつかきっと、求めているものが見つかる、そのきっかけとしてなんらかの声を聞くことがあると私は思うのです。人の一生は決して一色ではないです。がらっと色合いが変わる時があるのですよ。

私はもう終盤のどん詰まりにいます。それだからこそわかることもあります。

私の場合は、ハンセン病と生きるという生涯でしたが、療養所に入った始めの頃と、それから十年後、二十年後、三十年後、そして今こうして終わりに差しかかってきた時、そのそれぞれで日々の色合いはずいぶん違っていたように思うのです。

つらいことばかりでした。もちろん、そういう言い方もできるかもしれません。

でも、この場所での歳月が過ぎていくなかで、私には見えてくるものがありました。それはなにをどれだけ失おうと、どんなにひどい扱いを受けようと、私たちが人間であるという事実でした。たとえ四肢《しし》を失ったとしても、この病気は死病ではないのだから生きていくしかありません。闇の底でもがき続けるような勝ち目のな

い闘いのなかで、私たちは人間であること、ただこの一点にしがみつき、誇りを持とうとしたのです。

だから店長さん、私は「聞こう」としたのかもしれません。人間はそうした力を持つ生き物だと思うのです。そしてその折々で「聞いて」きたのです。

天生園に遊びにくる鳥たち、虫、木々、草や花。風、雨、光。お月様。すべてに言葉があると私は信じています。それを聞いているだけで、一日はもう目一杯です。天生園の森のなかにいるだけで、世界はそこにあるのです。夜に星のささやきを聞いているだけで、永劫《えいごう》の時の流れも感じられます。


店長さん。お客さんが戻ってくれなくて、困っているのね。店長さんは優しいところがあるからはっきりとは伝えてこないけど、私が原因で起こったことが、ずっと続いているのですね。らい予防法は廃止されましたが、世間はあまり変わっていないようです。それでも、あらゆるところに向けて耳を澄ませていて下さい。普通の人には聞こえない言葉を聞いて、聞いて、聞いて、どら焼きを作ってください。それだけできっと、店長さんの未来も、どら春の未来も開けていくと思います。ごめんなさいね。こういうものの言い方ばかりして。

でも、私は信じているのです。

店長さんはきっとこの難所を乗り越えられます。

暖かくなったら、本当に遊びにいらして下さいね。ワカナちゃんと会えるのも楽しみです。それではお元気で。

吉井徳江

二十四

二月も終わり近くになり、春一番が吹いた。

かすかなつぼみを付け始めた店前の桜を、なだれこんできた南風が揺り動かした。気温が上がったせいか、コートを脱いで小脇に抱えている人もちらほらと見える。千太郎は店に埃が入らないようにガラス戸をぎりぎりまで閉め、その隙間から「どら焼きいかがですか！」と声をかけていた。

売上は少しずつ回復しつつあった。

塩どら焼きについてはいまだ思案中だったが、季節の移ろいが人の心に変化を与

えたのか、一度離れていった客がまたぽつぽつと顔を出すようになった。「ごぶさたです」とか「久しぶりに食べたくなったので」などと、みな少しはにかんだ表情で店の前に立った。千太郎はそれに対し、ただ笑顔で応えていた。

　帳簿を見る奥さんの表情も変わりつつあった。「これならやれるかもしれないね」と、時には目尻を緩ませるようになった。危機を乗り越えたわけではないと自戒しながらも、千太郎はようやく一息つけたような気分になっていた。そうして迎えた春一番だった。


　カウンター側の引き戸を開けて奥さんが現われたのは、この日の風がおさまった夕暮れ時だった。奥さんの背後には、一人の若い男が立っていた。「店長の辻井さんだよ」と奥さんは千太郎にあごを向けた。男はガムを噛みながら「田中です」と言い、義務的だとしか思えない会釈をした。

「いろいろ考えたんだけどね。突然で申し訳ないんだけども……あのね、千太郎さん。この子といっしょに働いてもらいたいんだよ」

　奥さんに「ほら」と促されて、田中という男は一歩前に出た。ジーンズをずり下げて穿《は》いている今風の若者だった。二十二、三だろうか。

「いっしょに？」

千太郎はわけがわからず聞き返していた。

「甥《おい》っ子なんだよ。調理師学校を出てレストランで働いていたんだけどさ。なんだか、人間関係でまいっちゃったみたいで。ほら、コックの世界も大変じゃないか？」

千太郎に同意を求めるように奥さんは語尾を引っ張った。

「それで、追われるような形でやめちゃってね。この冬はぶらぶらしてたのよ。ね、そうなんでしょう」

男はとってつけたように笑い、斜めにうなずいた。

「それでね、千太郎さん。ここはひとつ、経営者である私の決断だと思って聞いて欲しいの。来月ここを改装してさ。どら焼きとお好み焼きの両方を出せる店にしたいと思ってるんだよ。甘いものも辛いものも出せる店ってことでね」

「ここを改装？」

「まあね……狭いのがもっと狭くなるけど。幸い、ほら、お客さんも少しずつ戻ってきてるようだし、ここは中高生も多いからさ。この子なら話し相手になるでしょう」

「いや、ちょっと待って下さい」

千太郎は言葉ひとつ浮かばないまま、奥さんの話を遮ろうとした。

「わかるよ。わかるって」

奥さんは手を乱暴に振って、逆に千太郎の言葉を抑えにかかった。

「いきなりだからね。申し訳ないと思ってるよ。でもね、私もこれからそう長いわけじゃないし、真剣に考えなきゃいけなかったんだよ。偶然、この子がね……私がちっちゃい頃から可愛がっているこの子がコック見習いになったってことで、考えてはいたのね、前から。だから、私からの頼みということで、ひとつお願いしたいのよ。まだまだ全然だめな子だけどさ。でも、いい子なんだよ。千太郎さんに鍛えてもらいたいの」

「いや、俺は……」

込み上げてきた苦いものを、千太郎はかろうじて押しとどめていた。

「千太郎さんならできるよ。あそこまで落ちた売上を回復させようっていうんだから。うちの人が見込んだだけのことはあるんだって、私、ようやくわかったんだよ。だから、どら春という名は残すの。どら春はどら春のままよ。これからも千太郎さんにここでどら焼きを作ってもらいたいの。なおかつ、将来の社長も育ててもらい

たいの。よろしくお願いします」

奥さんに尻を叩かれ、男はうすら笑いのまま頭を下げた。小声で「よろしく」となぞっている。

「こっちからこっちにお好み焼きの鉄板を置くんだよ。それでどら焼きはあっちの奥の方にしてさ……」

千太郎に構うことなく、奥さんは男に店の改装案を話し始めた。どら焼き用のスペースはなぜかガラス戸に面していなかった。

千太郎はなにも言えないまま、ただ二人を見ていた。

二十五

カーテンとレールの隙間から、街灯の光が射し込んでいた。布団にくるまったまま、千太郎は天井に映ったその幾何学模様を眺めている。

猫が啼《な》いていた。

千太郎がどら春をやめて、もう一月近くたつ。

春だというのに、千太郎はずっとこの部屋にこもっていた。コンビニであつらえてきたものを食べ、日がな一日ごろごろしていた。時が過ぎていくのをただ傍観していた。

このままではいけない。

千太郎とてもちろんそれはわかっていた。だから今日、カップ麺とともに就職情報誌を仕入れてきた。

採用条件が合うなら、千太郎は職種を選ばずどこへでも電話をかけるつもりだった。履歴書も束で買ってきた。ところが頁をいくらめくっても、用意した付箋を貼り付けられなかった。どこも年齢が問題になった。ごくたまに不問を謳《うた》う企業はあったが、その場合、必ずといっていいほど特殊な資格が要求されていた。千太郎は普通免許以外なにも持っていない。なんのことはない。すべての中途採用は、千太郎に対し固く門を閉ざしていた。

なんだよ……とつぶやいているうち、ここしばらくのいつもの体勢に戻っていた。溜まった洗濯物と並び、盛り上がった影のように転がった。

千太郎はそのまま夜を迎えた。そして、なにかを語りかけてくるような猫の声を聞いていた。どんな姿形の猫なのだろうと千太郎はぼんやり考えた。

寂しくて啼いているのか？　恋をしたくて啼いているのか？　いったいなにが目的でこの猫は啼いているのだろう。そもそも雄なのか雌なのか。

寝転んだまま、千太郎は浅い息を吐いた。

徳江の手紙が頭に浮かんだ。

聞く、だって？

いったいなにが聞こえるというのか。

こうしてはっきり聞こえてくる声ですら、猫がなにを訴えようとしているのか千太郎には皆目わからなかった。ましてや小豆のささやきなど、聞き取れるはずがない。

千太郎は目の端で、薄暗い壁際をじっと見つめた。

結局のところ、自分は敗者だ。そうとしか思えなかった。

ならばこの部屋のどこかに縄をかけ、なにもかも終わらせてしまった方がいいのではないか。

目を走らせながら、どこに縄を吊るすかを千太郎は考えた。あちこちを見たが、カーテンレール以外に縄を吊るせるような場所はなかった。カーテンといっしょにぶら下がるのかと思ったら、なんだかおかしくなって、小さく吹き出した。

「罰当たり……か」

ついでにそうつぶやいた。

どら春をやめる際、奥さんにぶつけられた言葉だった。反論できないと千太郎自身も思っている。

「うちの人がどんな気持ちで前科者を助けようとしたのか、わかってるの？　なんだい、私の甥っ子は見捨てるのかい？　どんな育てられ方をしたの？　親の顔が見たいね」

奥さんを呼んで残りの金と辞表を手渡した日、千太郎は恩義を知らない罪人だとして罵倒《ばとう》され続けた。

千太郎はなにひとつ言い返さなかった。ただ突っ立っていた。

千太郎はわかっていた。奥さんに言われたことは大半当たっているのだ。

まったく、どうしようもないと思う。常に裏切ってきた。親も含め、誰もかも。

いつ、なにが始まりで自分が転落しだしたのか、千太郎にはそれがわからなかった。ただ、それは突発的な変化ではなく……その芽は幼い頃から自分のなかにあったような気がするのだ。まっとうに生きようとして失敗したのではない。まっとうに生きた結果がこの瓦礫の日々なのだ。つまり、千太郎は、千太郎であるがために

苦しいのだった。

千太郎はだから、今夜もまたもがいていた。どこを向いても息が詰まるようで、怪我をした動物のように何度も唸《うな》った。自らの首を吊るす手段についても考えた。縄はない。ならば、荷造り用の紐《ひも》がいいのか、ベルトでいいのか。

千太郎は机の横を見た。そこには段ボール箱があり、退職金代わりにもらってきた道具類が詰められていた。愛用のサワリ。その銅鍋のなかに、ボウルが重ねられている。ゴムべらやどらサジ。泡立器にパレットナイフ、調理着。

千太郎は押し黙ったまま、箱からはみ出て凹凸を作っているそのシルエットに見入っていた。

店での日々がよみがえる。

ガラス戸の向こうで列を作った客の顔。

カウンター席ではしゃいでいた中高生たち。

四季折々に姿を変えた桜の木。

その木の下に立っていた徳江。

「どら焼き……」

ボウルやゴムべらの感触が千太郎の手に戻ってくる。

炊きあがった小豆の輝き。ふくよかな匂い。

「どら焼き……いかがですか」

千太郎は唇を噛んだ。

「どら焼き、いかがですか」

もう一度その言葉を口にした時、千太郎の頬を伝い落ちるものがあった。千太郎は拳《こぶし》を握った。息を吸い込み、歯を食いしばった。

きっと乗り越えられる……と徳江は手紙に書いてくれた。またもや裏切ってしまったと千太郎は思った。約束をなにも果たしていない。

「おいしいどら焼き、いかがですか」

泣くまいとがんばるので、声が震えた。

千太郎は枕を抱きしめて、そこに顔をうずめた。そしてなぜか、店の前の桜を思い浮かべた。

満開の時季だ。雲が降りてきたかのように、今年もまた咲き誇っていることだろう。通りには、花に見入って立ち止まる人がいるだろう。店のなかにも花びらが舞い込んでいるに違いない。花びらが混ざっていたと文句を言ってきた女子高生たち。あの子らは、新しい店長となった店にも変わらず顔を出しているのだろうか。

二十六

その晩、千太郎は夢を見た。

どこなのかわからない場所で、千太郎は坂を上っていた。

起伏に富んだ丘陵地だった。眼下には碧《あお》い煌《きら》めきがあった。その川幅は広く、悠々と流れている。千太郎は足をとめ、十数メートルは下にあろうかという水面を見た。

潮目を前にしたかのように、流れの層がはっきりとわかった。白い筋が幾つもあり、連なったり離れたりしながら、輝く編み目模様を作っていた。

なんだろう？　と眺めているうち、千太郎はようやくその正体がわかった。

それはすべて花びらなのだった。

千太郎は流れを遡《さかのぼ》るように上流まで目をやった。すると、斜面を覆う白亜の雲が目に飛び込んできた。

川まで迫った傾斜地から山の方にかけて、満開の桜で覆われていた。

千太郎はその眩しさに向けて、坂を一歩ずつ上っていった。小鳥たちのさえずりが聞こえてくる。風が香りを運んでくる。だんだんと桜の雲が近付いてくる。空を舞う花びらも光って見える。

千太郎は桜が連なる場所まで駆け上がった。そこはまさに輝く淵を作るかのように、満開の桜で囲まれていた。千太郎はそのなかに入り、それぞれの桜に見蕩《みと》れながらぐるりと首を回した。木のなかで静かに眠る感情が、年に一度歓喜となって噴出するのが今であることを千太郎は実感した。混じり気のない歓びこそが花なのだった。千太郎はぐるぐる回りながら、川を見おろすことができる斜面の縁まで歩いていった。水の煌めきが再び目に入ると同時に、涼しい風が上がってくる。包むような香りとともに、舞っていた花びらが吹き上がってくる。千太郎は花を下から浴びていた。

あらゆるところに光が宿っていた。水面の碧《あお》からも、咲き誇る桜からも、もちろん空からも燦々《さんさん》と降り注いでいた。

二羽の鳥が水面をかすめるように飛んでいく。

千太郎は佇んだまま、ここはいったいどこなのだろうと思った。

「店長さん」

どこからか呼び止められたような気がして、千太郎は振り返った。少女の声だった。

桜並木の一画に茶屋があった。五平餅と記されたのぼりが風にはためいている。香ばしい匂いが漂ってくる。食べたいと思った。

「店長さん」

また少女の声がした。

茶屋の前には木製のテーブルが幾つか据えられ、花見の客たちが飲み食いをしている。千太郎を呼ぶ声はそのあたりから聞こえてくる。

千太郎は茶屋に近付いていった。

離れたテーブルに一人の少女が座っていた。

「あれ？」

少女は立ち上がり、千太郎に向かってお辞儀をした。

千太郎は少女が誰なのかすぐにわかった。

少女は微笑みながら、「見て」とブラウスの襟《えり》を指さした。真っ白なブラウスだった。

「おかあさんが作ってくれたの」

ブラウスは春の陽の光を受けて煌めいている。そこにはらはらと桜の花が舞い落ちる。

「よかったですね」

相手が少女でも、千太郎はそういうものの言い方をした。

少女は「はい」と返事をした。

「ここだったんですか?」

「ここだったの。私のふるさと、こんなに綺麗なところなのよ」

千太郎は少女と向かい合うようにテーブルに着いた。テーブルの上にはあんを絡ませた団子の皿、それに小さな壺と湯飲みがのっていた。少女はそれらに手を向けて、「どうぞ」と言った。

湯飲みに入っているのはお茶ではなく、桜の花びらを浮かせた湯のようだった。

千太郎は口をつける前に、その湯飲みについて少女に尋ねた。

「これ、花びらが入っちゃったのかな」

少女は首を横に振った。

「違うの。これは桜湯っていうのよ。ほんのり塩っぱくて、お花のいい匂いがするの」

「へー、桜湯？」

千太郎が初めて耳にする名だった。千太郎はもう一度、「桜湯」とつぶやいてみた。すると、胸のなかに花びらが入り込んできたのがわかった。それは宙を舞っていた花びらだったのに、千太郎の内側に入り、一瞬の光となって消えたのだ。いや、消えたわけではなかった。


……ほんのり塩っぱくて、お花のいい匂いがするの……


代わりに、少女の言葉が千太郎のなかから離れなくなった。周りを囲んでいる桜の花がいきなり膨張したように見え、千太郎は目を瞬かせた。

「これ、どういうものなんだろう」

千太郎が湯飲みを持ち上げると、少女はまっすぐに伸びた指で壺を差し出してきた。

「うちで漬けてるの。開けてみて」

千太郎は壺の蓋を取った。なかは桃色の花でいっぱいだった。濃く甘い香りでいっぱいになった。

「ああ……」

「ソメイヨシノじゃなくて、八重桜なの。それを塩漬けにしたのよ」

「これ、綺麗なものだなあ」

そういう言い方しかできない自分が千太郎はもどかしかった。

「これをお湯で泳がせると、桜湯になるの」

少女の説明を聞きながら、千太郎は桜の塩漬けと見比べるように、湯飲みをあらためて覗き込んだ。

お湯のなかで、桜の花がゆっくりと浮き上がりつつあった。萼《がく》から花の形を崩さずに採られたものらしく、よれながらも完璧な花が二つ咲いていた。

千太郎はしばらくその二つの花に見蕩《みと》れていた。そして吸い込まれるように、湯飲みに口をつけた。

花の香りが濃厚だった。桜が千太郎の口のなかにも咲いたようだった。そして同時に、爽やかな塩気が頬を走った。

……ほんのり塩っぱくて、お花のいい匂いがするの……

少女の言う通りだった。塩気も香りもちょうどいい按配で互いをくるみ合ってい
た。

これだったのだ。

千太郎は湯飲みをそっと置き、壺のなかの八重桜の塩漬けに見入った。

これだったのだ……探していたものは。

「これ……塩加減を考えれば、花そのものを味わうこともできるし……。たとえば、どら焼きの皮に一片か二片の花びらを……」

そこまで話しかけたところで、千太郎は腰を浮かした。

目の前から少女がいなくなっていた。

少女の微笑みも、花びらを受けていた白いブラウスもすっかり消えていた。

千太郎は立ち上がり、慌てて周囲を見回した。幾つかあったテーブルも、そこにいたはずの花見客も、のぼりの立っていた茶屋もすべてなくなっていた。千太郎のまわりには、白く輝く桜の花があるだけだった。今しがたまで手をついていたテーブルも、そこにのっていた団子や湯飲みも、そして桜の花を漬け込んだ壺も姿を消していた。

花々の眩しさに包まれながら、千太郎は少女の名前を何度も叫んだ。だが、花び

らが降りしきるだけで風景は変わらない。千太郎はようやくそこで、自分が現実の世界ではない場所に迷い込んでいることに気がついた。

引き戻されそうな予感のなかで、千太郎は少女に会いにいかなければと思った。会って、訊いてみなければと思った。

あなたが生まれ育った場所。

以前、そこには川が流れているとおっしゃっていましたね。桜の美しい場所だと。

そしてその花びらを漬ける習慣があるとも。

甘いものといっしょに、それを食べたことがありますか？

二十七

長い柊の垣根の向こうに、満開の桜があった。

風にのって花びらが舞い降りてくる。

千太郎とワカナちゃんはその道を言葉少なに歩いていた。

「高校、なにか部活とかやるの？」

間があく度に、千太郎は当たり障りのないことを訊いた。

「うーん……まだ決めてないんですけど」

電話をかけたのは千太郎の方からだった。大の大人が十五歳の女の子を誘うのはどうかとも思ったが、マーヴィーのことがあるので、もう一度いっしょに天生園に行く必要があった。

千太郎はあの夢を見て以来、桜の塩漬けが頭から離れなくなった。インターネットで調べもしてみた。そして実際にそれが世にあることを知り、しばらく目を閉じるほど感じ入った。ただ、それを取り寄せてさっそくどら焼きと組み合わせてみようという考えは途中で撥《は》ね付けた。今はその環境にない。自らのどら焼きで試すことができないからだ。それに、かつての少女のふるさとに桜の塩漬けがあるなら、使ってみたいのはまさにそれだった。

徳江には、ワカナちゃんと二人で訪ねて行くとハガキを送ったばかりだった。着いているかどうか微妙だったが、ただ、徳江がどこかへ出かけていることは考えにくかった。行けばどうにかなるだろうという思いが千太郎にはあった。住所はわかっている。販売所で見つからなくても、部屋をそのまま訪ねればいい。

天生園の雑木林の上には温かな色合いの青空が広がっていた。柊の向こうには、

桜が雲を作っている。クヌギの枝はきらきら光りながら揺れていた。

「ワカナちゃんも高校生になるわけだし……春だよなあ」

「春ですね」

「桜も今が一番気持ちいいのかな」

「いいのかも」

ワカナちゃんの口数が少ないままなので、千太郎は自分から切り出すことにした。

「実は前から伝えなきゃと思っていたんだけど、徳江さんがね……あのカナリア」

「マーヴィー？」

「そう、マーヴィー。徳江さん、放してやりたいんだって。マーヴィーが外に出たがってるのがわかるって」

「うん」

「徳江さん、長い間ここから出られなかった人だから、かごのなかの鳥の気持ちもわかるんじゃないかな。飛べるようなら、放してあげた方がいいと俺も思うんだよ。どこかに餌場を決めれば、この天生園の森でも生きていけそうな気がするし」

さして間を置かず、「そうですね」とワカナちゃんは短く応えた。ずいぶんとあっさりした態度だった。

「それと、知ってるかもしれないけど、どら春なくなったんだよ」

「あ、知ってました」

離れて付いてきていたワカナちゃんは、そこで少し間を詰めてきた。

「マスター、どうしてやめたんですか？」

「もうどら焼きの時代じゃないって、経営者が思ったんだよ」

「私、高校の帰りに寄るところ、なくなっちゃったなあ」

そんなことないだろう、と言い返すと、「あの……」とワカナちゃんはさらに近付いてきた。

「どうした？」

「私、公立に通うことになったんです。定時制」

「そうなの？」

「本当。私、昼間は働くんです」

ワカナちゃんは一瞬強い視線になった。

「そうなの？」

なにを言うのか見当もつかないまま、千太郎は言葉を続けていた。

「でも、どこにいても、ワカナちゃん次第だと思うけどな」

「みんなそういうことを言うんですよ。担任の先生も。だけど、誰も定時制行ってないんです」

「ああ、まあね」

「店長はどうなんですか？　普通校？　勉強した？」

「普通校だけど」

間があいたので、千太郎は振り返った。ワカナちゃんは柊の垣根に手を這わせ、難しい顔をしている。

「私だけになるんですね。定時制」

「そうかあ。でもさ……やっぱり……」

「うち、お金ないから、バイトぐらいしなきゃだめで。それでどら春に行ったんです。そうしたら、もうないんだもん」

「ごめんな」

「そうですよ。徳江さんだって前、どら春で働けばいいって言ってくれたんですよ。だから私、すごいがっかりして。それでちょっと怒っていたんです。もうどこかでどら焼き作らないんですか？」

「うん、やりたいなあとは思っているんだよ」

「へー、そうなんだ」

「ワカナちゃんとお店をやれればいいね」

冗談のように放った言葉ではあったが、千太郎はそう言えた自分に少し驚いていた。どら春をやめてから引きこもっていた自分を、なんだかこの瞬間に放り捨てたような気がした。

ワカナちゃんが寄り添うように千太郎のそばにやってきた。肩から提げている鞄を指先で叩いてみせる。

「私、徳江さんにプレゼントを持ってきたんです」

「へー、なんだろう」

「当ててみて下さい」

千太郎は見当もつかなかった。さんざん考えた末、「ちゃんちゃんこ」と言い、ワカナちゃんに「ブーッ」と嘲《あざけ》られた。

「もう春なのに、なんでちゃんちゃんこなんですか」

「なんだろう。ヒントぐらいくれよ」

「食べ物ではありません」

「それじゃ、わかんないなあ」

結局、千太郎はプレゼントを当てられなかった。気付けば二人は柊の垣根を過ぎ、ハンセン病資料館の前まできていた。満開の桜がここにも雲を作っていたが、その静寂はいつもと変わらなかった。

「ああ、来ちゃいましたね」

懐かしさとも戸惑いともつかないような言い方をワカナちゃんはした。二人はお遍路姿の親子の彫像の前を通り、天生園の外郭となる小道の方へと進んでいった。

「すごい桜だなあ」

「本当。なんか、夢見てるみたい」

小道に沿った桜並木はまさに壮観だった。周囲の光をすべてここに集めたかのように頭上で輝いている。千太郎にはそう感じられた。近所の住人であろうか、あるいは天生園の元患者か、花見をしている人たちも見受けられた。

「店長、徳江さんって、どこに住んでるんですか?」

「俺も訪ねたことはないんだよ。住所はわかっているから、販売所で会えなかったら、あとで案内板を見ればいい」

ワカナちゃんはうなずきつつも、「なんか、不安ですね」とつぶやいた。

販売所の内外には、いつも通り佇んでいる人たちがいた。みんな高齢だった。男性はサングラスをかけている人が多い。

開け放たれた販売所のドアから千太郎はなかを覗きこんだ。ハガキに記したのはこの時間だったが、徳江の姿は見当たらなかった。

「やっぱり、住所のところに行くしかないな」

すると千太郎の腕をワカナちゃんがそっと突ついた。

「あそこでこっち見ている人、前会いましたよね」

テーブル席の一番端で、見覚えのある女性が腰をあげていた。

「あ、森山さんだ」

会釈する千太郎たちをじっと見たまま、森山さんはゆっくりとした足取りで近付いてきた。

「どうも。また、お会いしましたね」

千太郎は意識的に明るい声を出した。森山さんは「あの……」と口ごもっている。

「徳江さんを訪ねてきたんですよ。ハガキを出したばかりなんで、まだ届いてなかったかな」

「あの……」

森山さんは後遺症のある唇を片手で隠すようにしながら、なにか言おうとした。言葉に詰まったようで、一瞬目をつぶった。

「あの、店長さん。ハガキは私が受け取りました。それで、ちょっと、座っていただいてよろしい？」

柔らかな分だけ有無を言わせない声だった。千太郎とワカナちゃんは顔を見合わせながら、森山さんが指さしたテーブルに着こうとした。

「店長さんと、それから……ワカナちゃん」

「はい。それ、あだ名ですけど」

「落ち着いて聞いてもらいたいの……」

「はあ」

一瞬の間があった。

「トクちゃん、亡くなったのよ」

千太郎は口を開けたまま、突っ立っていた。横でワカナちゃんがびくっと動いた。なにかあらゆる透明なもの、風や時間や空というものが突然拳ぐらいの塊になって、千太郎の胸を叩いたような気がした。

「あの……え？」

森山さんは萎《しな》びた目で、しかし視線をはずさずにじっと千太郎を見ている。

「店長さんの連絡先、前にトクちゃんからもらってたのよ。でも、それがどこにいってしまったのかわからなくて。先週、私、お店まで伺ったんですよ。そうしたらお好み焼き屋さんに変わっていて。前のどら春の店長さんの電話番号を知りませんかって訊いたら、若い人が、まったくわからないって。だから私、本当に困っていたんです」

千太郎はなにも言えないまま、ただ、額に手を当てていた。そして遅れて、森山さんに対し頭を下げた。「申し訳なかったです」とつぶやくのが精一杯だった。

「十日ほど前です。トクちゃんが逝ったのは」

うそ、うそ、とワカナちゃんがすがりつくように繰り返した。

「その前の日に私、トクちゃんの部屋を訪ねたんです。そうしたらぐったりしていて。でも、熱だけなので病棟には行きたくないって言っていたんですよ。それで私、トクちゃんとそのあといっしょにいたんです。その時に、もしものことがあったらと言伝《ことづて》を聞きまして。だったらトクちゃん、店長さんを呼ぶよって言ったんですけど、それはいやだっていうんですよ。もしどうかなったとしても、手紙でいいからって」

千太郎は首を横に振った。起きていることがどうしても信じられなかった。

「トクちゃん……あなたのことを息子さんのように思っていたのよ」

責める口調ではなかったが、森山さんははっきりとそう言った。

「肺炎だったの」

なにか言わなければと千太郎は思うのだが、なにも出てこない。ワカナちゃんもまた隣で身を硬くしていた。

「仲間内で見送りはいたしました。できればいらしていただきたかったのですが、店長さんも働く場所が変わって、事情があったようですから。とにかく、なにもかも急でしたので」

千太郎はまた首を横に振った。

「それで、徳江さんの……」

そこから先を言おうとして、千太郎の唇は震えた。

「徳江さんの……」

やはり、そこで途切れてしまう。

森山さんが曲がった指で目尻を押さえた。そうしながら、千太郎が訊こうとしたことにきちんと答えてくれた。

「今は……納骨堂なんですよ。旦那さんのもとに行かれました」

「そうでしたか」

小さくそうつぶやいたのが千太郎の限界だった。溢れだしたものを止めることができなくなり、テーブルに肘をついて顔を覆った。ワカナちゃんも横でうつむきながらのどをひくつかせた。

「でも、良かったです。来てもらって。やっぱりトクちゃんの思いが通じたのね。あの、それなら、トクちゃんのお部屋までいらしてもらえません？　よろしいですか」

千太郎は無言でうなずいた。ワカナちゃんはかすれた声で「はい」と返事をした。

二十八

療養所の住宅が並ぶ通りに戻り、角をひとつ曲がったところで森山さんは足を止めた。販売所からそう離れた場所ではなかった。

そこには中庭のようなスペースがあり、草が一面に芽生えていた。森山さんは飛

び石を踏み、入っていく。

通り側の住宅の壁に「緑風」と表示されたプレートがはめられていた。

千太郎とワカナちゃんは森山さんのあとに付き、庭を横切った。四世帯の棟なのか、まったく同じ造りの窓がその数だけ並んでいた。

徳江の部屋は一番奥のようだった。森山さんは鍵がかかっていないアルミサッシの窓を横に引き開けた。

「玄関じゃなくて、こっちからでもいいわね。私たち、いつもこうしてたから」

縁側代わりに使っていたのだろう。部屋には青い絨毯《じゅうたん》が敷かれていたが、上がりがまちに当たるところがすり減って白くなっていた。

窓辺には見覚えのある鳥かごが置かれていた。だが、そこにマーヴィーはいなかった。

千太郎はそのことに気付いてそっとワカナちゃんの方を見た。ワカナちゃんもまた、濡れた瞳を鳥かごに向けていた。

「さあ、あがってください」

六畳ほどの部屋だった。奥には台所があるのか、流しや冷蔵庫が見えている。

廃材のような板が張られた天井。漆喰《しっくい》の壁は黄ばみ、ところどころ黒ずんでいた。

そこに簞笥《たんす》がひとつ。文机《ふづくえ》がひとつ。本の並んだ合板の箱がひとつ。小さなテレビが一台。寝具などは押入にあるのか、見えているものといえばそれぐらいだった。

「ここで……徳江さん、亡くなられたんですね」

「いえ、最期は病棟だったんですよ。でも、まさかねえ。こんなに急に」

千太郎たちは森山さんに促されるまま草地に靴を脱ぎ、徳江の部屋に上がった。

台所の方は薄暗かったが、窓辺には日溜《ひだ》まりがあった。

合板の箱の上に幾枚かの写真が立てかけられていた。

「これ、トクちゃんと旦那さんの義明さん」

不自由な手で線香をつかもうとしながら、森山さんが写真に顔を向けた。

「徳江さん……綺麗だったんだ」

鼻が詰まったような声になりながらも、ワカナちゃんがそう言った。

本当だ、と千太郎も思った。

写真はすべて白黒だった。おそらくはまだ二十代の徳江がそこにいた。古い映画で見るような時代がかった髪型だったが、その顔は病気を患っているとは思えないほどいきいきと輝いていた。鼻筋が通っており、目にも活気があふれていた。千太郎が夢のなかで会った少女にも似ていた。横で立っている男性に柔らかく笑いかけ

ている。男性もまた、相好を崩して若き徳江を受け止めていた。

千太郎が聞かされていた通り、夫のその男性は徳江よりもずっと年上に見えた。そしてまたこれも話の通り、千太郎にはその首筋や肩が、どこか繊細でひ弱な人物のように見えた。

ただ、徳江の話とはひとつ違うところがあった。

千太郎の記憶のなかで徳江は、夫は背が高くてヤシの木みたいだと言ったはずだった。だから千太郎はこれまで、かなり身長のある男性を想像していた。ところが写真のなかの男性は、徳江よりは少し高いものの、平均的な日本人の身の丈であるように見えた。

ただ、もちろんそれは一瞬の引っかかりに過ぎなかった。千太郎の思いはすぐに別の方向へと転じた。写真の徳江がいきいきとしているだけに、この二人を襲ったそれからの膨大な試練を思うと、またひどく胸が圧されるのだった。

千太郎とワカナちゃんは線香に火をともし、写真のなかで笑っている数十年前の夫婦に手を合わせた。

「もしよかったら、幾つか持っていってもらえると本人も喜ぶと思うのよ」

台所の隅には家庭用の小さなオーブンがあり、その脇に木箱があった。なかには製菓道具が詰められていた。

製あんに使うサワリや木べら。粒あんからこしあんを作るための絹フルイもあった。利休饅頭の焼き印をつけるコテ、羊羹の流し型、団子用の蒸し台。洋菓子用の道具も豊富にあった。様々なサイズのボウルと並んで、トルテの型やパウンド型。ナッペ用のパレットナイフや泡立器。ビニール袋のなかには絞り袋の口金がまとめて入れられていた。

「私たちも、使えるものは形見分けとしていただこうと思っているんですよ。でも、今だんだんとみんなこんな年齢になってきてね、もらった私たちが次の日に逝ってしまうなんてこともあり得るわけだから……」

森山さんはそこで仄《ほの》かに笑ってみせた。

「だから、店長さん。あなたのような人にもらってもらった方がいいのよ。この部屋のものはすべて、今月末に廃棄されちゃうから。もう、なにもかもなくなっちゃうの」

千太郎は木箱の横に膝をつき、徳江の製菓道具に手を伸ばした。すると、どら春に徳江がやってきた頃の言葉がよみがえった。

……ずっと作ってきたのよ。もう五十年作ってきたもの……

千太郎ははっきりと思い出せた。あの時、徳江はほんの一瞬ではあったが、誇らしげな顔をしてみせたのだ。

千太郎は指先で道具にそっと触れた。

「時を経てきたものですね」

千太郎は年代物の木べらを森山さんに差し出した。

「やっぱり、製菓部の皆さんで使われた方がいいんじゃないですか？」

森山さんは首を横に振った。

「製菓部ねえ。もうこの十年はほとんど活動していませんから」

「え？　そうなんですか？」

「ここから出られるようになって、欲しいものは手に入るようになったから。スーパーでケーキも買えるし、みんなで集まって甘いものを作る機会がなくなっちゃったのね」

千太郎は無言でうなずいた。

「トクちゃんはいつも先頭に立つ人だったから、そうなったのが寂しかったのかもしれない」

「作りたかったんですね。甘いものを」

「そう。それと……」

森山さんはなにか言いかけ、そこで口を閉じてしまった。

千太郎は木箱のなかのものを並べた。そして道具の幾つかを手ぬぐいでくるんだ。

「ありがたく、使わせてもらいます」

いつまた鉄板の前に立つのか。千太郎にはまったく予測がつかないことだった。

だが、これらの道具は形見としてそばに置いておこうと思った。


千太郎が台所から部屋に戻ると、森山さんが文机にクッキーの缶箱を置いた。

「これなんですよ」

森山さんは蓋を開けた。便箋の束が現われた。

「トクちゃんが病棟に運ばれる前に、私、この手紙を託されたの。店長さんに謝りたいことがあるから、もし戻らなかったら届けて欲しいって」

剝《む》き出しの便箋を差し出され、千太郎とワカナちゃんは顔を見合わせた。

「まだ書きかけなんだって。そう言ってたわ」

千太郎は便箋を受け取った。

「もしよかったら、ここで読んであげてください。トクちゃんここで一筆ずつ、時間をかけて書いたものでしょうから」

千太郎はうなずいて、便箋を広げた。おそろしく丁寧で、それでいて一画ずつが波打っているあの独特の文字が目の前にあった。

辻井千太郎様

前略。この手紙が届く頃には寒さも和らいでいるでしょうか。

年寄りの繰り言になってしまうので、もう手紙を書くのはやめようと思っていたのですが、風邪がこじれたままで、果たして店長さんやワカナちゃんにまた会える時がくるだろうかと、少し不安になってきました。それで、謝りたいこともありますし、また、どうしてもひとつ伝えたいことがあるので、ペンを持ちました。

まずはお詫びです。

私、マーヴィーちゃんを飼うと約束したのに、実はずいぶんと早くに放してしまいました。マーヴィーちゃんの声を聞いているうち、ここから出してよ、と言われていることに気付いたのです。ワカナちゃんの顔を思い出して迷いましたが、外に出られずに苦しんだ私が、翼を持った生き物を狭いかごのなかに押し止めておく理由はありません。

人の手で保護されなくなったら生きていけない鳥かもしれませんが、青空をじっと見つめたまま、出してよ、出してよ、と訴え続けるマーヴィーちゃんを見ていると、私も我慢できなくなりました。それで放してしまったのです。

ごめんなさいと謝っていたと、ワカナちゃんにお伝え下さい。


私は小さい頃、なにになりたいという夢が特にない子供でした。なんといっても戦時でしたし、なにかになりたいというよりは、いつまで生きていけるのだろうという漠然とした不安の方が大きかったような気がします。

でも、この病気になり、もう二度と世間には出られないとわかってから、なりたいものへの夢を持つようになって、困りました。

まずは、前にも言いましたように、教師です。子供が好きでしたし、学ぶことも好きでした。実際、園内の学校で私も学びましたし、成人してからは小児の患者に対し授業らしきものをやったこともあります。

しかしやはり本音を言うと、私は垣根の外に出たかったのです。世間に出て、そこできちんと働いてみたかったのです。だれもが口にするように、世のため人のために働いてみたかったのです。

この思いはずっと続きました。病気ならいざ知らず、治ってからも園の外には出られない私。こんなにも働いてみたい、世の中の役に立ちたいと思っているのに、現実は垣根に閉じこめられたまま、世の人々の税金で食べさせてもらっている。

何度死にたいと思ったかわかりません。私の心にはきっと、世の役に立たない人間は生きている価値がないという思いがあったからでしょう。人が生まれてきたのは、世のため人のために役立つためだという信念があったからなのです。

それが、いつどういうきっかけで変わったのか。

はっきり覚えているのは、園の森を一人で歩きながら、煌々《こうこう》と光る満月を見ている時でした。もう、木々のざわめきや虫や鳥に対して、「聞く」ことを始めていた

頃です。

月の光であたりは薄青く輝いており、木々もまた自ら気を発するように揺れ動いていました。私はあの森の道で、本当にただ一人で月と向かい合っていたのです。なんと美しい月だろうと思いました。もう見蕩れてしまって、自分がやっかいな病気と闘っていることや、囲いのなかから出られないということもその時は忘れていたのです。

すると、私はたしかに聞いたような気がしたのです。月が私に向かってそっとささやいてくれたように思えたのです。

お前に、見て欲しかったんだよ。

だから光っていたんだよ、って。

その時から、私にはあらゆるものが違って見えるようになりました。私がいなければ、この満月はなかった。木々もなかった。風もなかった。私という視点が失われてしまえば、私が見ているあらゆるものは消えてしまうでしょう。ただそれだけの話です。

でも、私だけではなく、もし人間がいなかったらどうだったか。人間だけではなく、およそものを感じることができるあらゆる命がこの世にいなかったらどうだっ

たか。

無限にも等しいこの世は、すべて消えてしまうことになります。

ずいぶん誇大妄想だなと店長さんは思うかもしれません。

でも、この考え方が私を変えたのです。

私たちはこの世を観るために、聞くために生まれてきた。この世はただそれだけを望んでいた。だとすれば、教師になれずとも、勤め人になれずとも、この世に生まれてきた意味はある。

私は早めに病気が完治したため、後遺症をさほど気にせず外出ができました。どら春でも働かせてもらいました。本当に幸運だったと思います。

でも世の中には、生まれてたった二年ぐらいでその生命を終えてしまう子供もいます。そうするとみんな哀しみのなかで、その子が生まれた意味はなんだったのだろうと考えます。

今の私にはわかります。それはきっと、その子なりの感じ方で空や風や言葉をとらえるためです。その子が感じた世界は、そこに生まれる。だから、その子にもちゃんと生まれてきた意味があったのです。

同じことで、私の主人のように人生の大半を闘病に費やし、傍《はた》から見れば無念の

うちに去らざるを得なかった命もまた、生まれてきた意味があったのです。その人生を通じて、空や風を感じたのですから。

ハンセン病におかされた者だけではなく、きっと誰もが、自分には生きる意味があるのだろうかと考える時があるかと思います。

その答えですが……生きる意味はあるのだと、私には今、はっきりわかります。もちろん、だからといって目の前の問題が解決されるわけではなく、生きていくことは苦しみの連続だと感じられる時もあります。

私ね、とても嬉しかったのですよ。裁判で勝って、私たちを閉じ込めた法律が廃止されて、自由に外を歩けるようになった時。だって、それを目指してみんなで何十年も頑張ってきたのですから。

だけど、その喜びは苦しみと背中合わせでした。

柊の垣根を越えて街を歩けること。バスや列車に乗れること。旅だってその気になればできる。それはもちろんとても喜ばしいことです。五十年という歳月を経て外に出られた時のことは忘れません。なにもかもが輝いていましたから。でも、歩いているうちに気付くのです。どこに行っても私の知り合いはいないし、家族もいないのです。どこに行っても、私は知らない国に迷い込んだ一人でしかないのです。

遅過ぎたのね。自由を与えられた年齢が遅過ぎたのです。せめてあと二十年早ければ、外の世界でも人生を築けたかもしれません。だけど、六十、七十になってから、はい、歩いていいですよと言われても、私たちにはやりようがなかったのです。外を歩けることの喜び。それが大きければ大きいほど、失われた時間、もう二度と戻らない人生が苦しみとなって襲いかかってくるのです。この気持ち、わかるでしょうか。ここにいるみんなが、どこかに出かけて帰ってくると、疲れ果てた顔になっています。それは肉体的なことばかりではなくて、絶対になくならないこの苦しみがあるからなのです。

でも、だから私、お菓子を作ってきたのね。甘い物をこしらえて、涙を溜め込んだ人に食べてもらってきたのです。そしてそれで、私も生きられたのです。

店長さん。あなたももちろん、生きる意味がある人です。

塀のなかで苦しんだ時期も、どら焼きとの出会いもみんな意味があったのだと思いますよ。すべての機会を通じて、あなたはあなたらしい人生を送るはずです。そしてきっといつか、これが自分の人生だと言える日がくると思うのです。物書きにならずとも、どら焼き職人にならずとも、あなたはあなたらしく立ち上がる日がく

ると思うのです。

私が店長さんを初めてお見かけしたのは、週に一度と決めていた散歩の日でした。あの商店街の桜に見蕩れながら歩いていると、甘い匂いがしてどら春を見つけたのです。

そして店長さん。あなたのお顔がありました。

目がとても悲しそうだった。なにをそんなに苦しんでいるの、と聞きたくなる眼差しをされていた。それはかつての私の目です。柊の垣根の外には出られないと覚悟した時の私の目です。だから私は吸い寄せられるように店の前に立っていたのです。

その時に思いました。もし、主人が強制的な断種を受けず、私に子供がいたら、店長さん、きっとあなたぐらいの年齢になっていただろうと。

私はそれから

手紙の後半から文字はどんどん大きくなり、形も崩れていった。そしてここで切れていた。

千太郎は便箋を手にしたまま、目を閉じた。誰もなにも語らず、しばらくの時が

流れた。

ようやく口を開いたのはワカナちゃんだった。

「私、もっと早く来ればよかったです」

千太郎は顔を上げた。ワカナちゃんは提げてきた鞄を開け、なかから紙袋を取り出した。そして徳江の写真の前にそれをそっと置いた。紙袋には赤いリボンがかかっていた。

「せっかくだから開けて、トクちゃんに見てもらったら」

森山さんにそう言われて、ワカナちゃんはうなずき、震える指で袋を開けだした。

白いブラウスだった。

「あたし、縫ったりできないから……買ったもんなんだけど。高くないんだけど」

わっと泣きだしたワカナちゃんのそばに森山さんは腰を降ろした。

「トクちゃん、今きっと喜んでるわよ」

ブラウスを手に取り、袖を広げて写真の徳江に見せる。

「トクちゃん、良かったねえ。お母さんが縫ってくれたブラウス、ワカナちゃんが取り戻してくれたよ」

震えているワカナちゃんの肩に、森山さんは曲がった指でそっと触れた。

「ワカナちゃん……」

森山さんはそれ以上なにも言わない。ただ、ワカナちゃんの肩をさすり続ける。

「ワカナちゃん」

呼びかけながら、千太郎も泣いていた。

「ありがとうな」

そのまま三人で、時が過ぎていくのをしばらく待った。呼吸が整うまで、誰もなにも言わなかった。


千太郎は中庭に目をやっていた。

みんなで泣いているうちに時が駆け足で過ぎていったのか、光にはいつの間にか朱色が混ざり始めていた。輝きは休むことなく、草の芽の上で躍っている。千太郎は指先で目のまわりをぬぐうと、空っぽの鳥かごを見た。すると森山さんが口を開いた。

「トクちゃん、なんて謝ろうかと言ってましたよ」

「ああ、カナリアのことですか?」

「そうなの」

森山さんは膝で這うように千太郎に近付いてきた。

「今しがたあなたからブラウスをもらったばかりで、こんなことを話していいのかどうかわからないけど、なんていうんだっけかな？　マー……」

「マーヴィーです」

ワカナちゃんが顔を上げた。

「あの人、自分の判断でマーヴィーちゃんを放しちゃったのよ。相談する前に放しちゃったって。どう弁解しようかなって、困ってたわ」

「手紙にもそのことが書いてありました」

千太郎がそう言うと、ワカナちゃんは首を横に振った。

「いいんです。マーヴィーも飛びたかったんだろうし」

「最初はマーヴィーちゃんね、この庭とか、前の屋根の上とかにいたのよ。餌を食べにここまで飛んで帰ってくるの」

「え？」

頬を濡らしたまま、ワカナちゃんが首をぐっと伸ばした。

「飛ぶの、あんまり得意じゃなかったんだけど」

森山さんは首をかしげた。

「そんなことないわよ。マーヴィーちゃん、今でも、あちこちの屋根の上で見かけますよ」

「飛んでるんですか？　マーヴィー」

「けっこうみんなも餌をあげてるの」

「本当に？」

　この部屋に来てから、ワカナちゃんの顔が初めて緩んだ。

「それなら、良かったじゃないか」

　千太郎が言うと、ワカナちゃんは大きくうなずいた。

「私、過保護だったのかな」

　森山さんが、ふっと小さく笑った。

「亡くなった人のことを、しかも、あなたたちが慕っている人のことをこんなふうに言うのはなんなんですけどね。私、親友だったという自信がありますから、敢えてひどいことを言いますね」

「はあ？」

「トクちゃん、いちいち大袈裟なんです」

は？

大袈裟？

「私、その手紙を託された時に」

ブラウスの横に置かれた便箋に森山さんが目をやった。

「読む気はなかったんだけど、封筒に入っているわけじゃなし、ちらっと文字が見えてしまったのね。この世がどうのこうのという……。そういうこと、書かれていたでしょう」

「はい」

「ああ、またやっていると思ったの。聞くという言葉もやたら使いませんでしたか？」

千太郎はうなずいた。

「悪く思わないでね。トクちゃん、気に入った人が現れると、あれをやってしまうの。小豆の言葉を聞きなさいとか。月がささやいてくれたとか」

「でも、俺は……」

森山さんの話を遮るように言葉を挟んだ。

「この手紙、ありがたかったです。ワカナちゃんにも、あとで読んでもらおうかと思っていたぐらいで。それに、たとえ大袈裟だったとしても、俺はそれでずいぶん

救ってもらいましたから」

またワカナちゃんが目尻を押さえた。森山さんは微笑みを絶やさずに千太郎とワカナちゃんを見ていたが、「少し歩きましょうか」と腰をあげた。

「トクちゃんに声をかけていって欲しいの」

徳江さんに？　濡れていたワカナちゃんの目が丸く見開かれた。

二十九

夕暮れ色の空が広がっていた。澄んだ青が茜《あかね》へとふくらみつつあった。目に入るものすべて、なにもかもがその移りゆく輝きに縁《ふち》取られていた。夕陽を正面から浴びて、納骨堂もまた光源のように輝いている。

「私、トクちゃんに誘われて製菓部に入った時、自殺に失敗したあとだったのよ」

光を背負って歩きながら、森山さんは左手をかざして見せた。

「手首を切ったのね。やり方が甘くて生き残っちゃったんだけど。とにかく、病気が発症してからは激痛に継ぐ激痛でね。指は曲がっちゃうし、手に穴はあくし、顔

も腫れ上がったまま元に戻らないし。女として生まれたのに、結節が頭だの顔だのにできて、膿《う》んで。すべて嫌になっちゃって、手首を切ったの」

森山さんは納骨堂に向かって歩きながら、身をひねるようにして話を続けた。

「精神に変調をきたすぐらいの痛みなのよ。それが続くから、自ら死を選ぶ人はいるの。私もあの時、限界だと思った。でも、どういうわけか生き残っちゃって。そしたらトクちゃんが、お菓子を作ろうって。いっしょに生きていこうって。この囲いのなかで、生きることも死ぬこともできずに悶々《もんもん》としている私にそう言ってくれたのね。それで、好かれちゃったのかな。例のあれが始まったの。聞きなさい、耳を澄ませなさい、というトクちゃんのあの口癖。小豆が旅してきた場所の風とか、空とか、想像してごらんという話」

「俺も……。でも、あんなにいいあんを作るんだから、俺はきっと、徳江さんは本当のことを言っているんだと思いますよ」

うん、それはそれでいいんだけど……と森山さんはその先を続けた。

「私も、トクちゃんに言われるままに耳を澄ませてね、小豆に耳を近づけたりして、聞くという行為についてはずいぶん頑張ったつもりなの。だけど、なにも聞こえてこないのよ。小豆の言葉なんて。店長さんはどうなの？　聞こえてきた、小豆の言

葉？」

　千太郎は無言で歩いていたが、「いえ」と首を横に振った。

「ただ、そういう気持ちで豆と接しろということだと思いますよ」

「そうなのよ。そうなんだけど、それをあまりに口癖のようにやるもんだから、私もちょっと辟易《へきえき》してきちゃって。周りでも、トクちゃんのことを嘘つきって言い始めて。トクちゃん一度、製菓部のなかで孤立したことがあるの」

「そんなことがあったんですか」

　千太郎のまったく知らない話だった。

「その時に話したのよ。一晩ずっと。どういうつもりであああいうことを言ってるのって。みんな混乱してるよって」

「そうしたら？」

「店長さんたちをがっかりさせちゃいけないんだけど……トクちゃんもその時に言ったの。小豆の言葉なんて聞こえるはずがないって。でも、聞こえると思って生きていれば、いつか聞こえるんじゃないかって。そうやって、詩人みたいになるしか、自分たちには生きていく方法がないじゃないかって。そう言ったの。現実だけ見ていると死にたくなる。囲いを越えるためには、囲いを越えた心で生きるしかないいん

だって」

「徳江さん、その通りの人ですよ。なんだか境界を越えていたような気がします」

「境界って？」

ワカナちゃんが訊いてきた。千太郎の頭に、満開の桜の下で花びらの塩漬けを見せてくれた少女の姿がよみがえった。

それを言葉にしようとして、しかし千太郎は口をつぐんだ。

今はそれを言うべき時ではない。千太郎はそう思った。


三人は納骨堂の前まで来た。森山さんは夕陽を浴びている塔に向かって手を合わせた。千太郎とワカナちゃんも合掌した。だが、森山さんは合わせていた手をすぐに下ろすと、雑木林の方へと延びる小道を歩き始めた。

あれ？　と千太郎は顔をあげた。ワカナちゃんもわけがわからずに森山さんを見ている。

「森山さん、そっちですか？」

「そう。こっちです」

「だって、徳江さん、納骨堂に……」

森山さんが手招きをするので、二人もまた小道へと入った。両側に木々がある分だけ、納骨堂の前の道よりもぐっと暗くなった。空はまだ茜色に輝いていたが、小道の方ではすでに夜が始まっていた。

森山さんはゆるゆる歩きながら言葉を続ける。

「私は、トクちゃんの話は好きだったの。そんなふうに自由にものを考えてもいいんだって。そう教えてもらっただけで、この散歩道を歩いていても、どこか別の世界に行けるような気持ちになれるんだもの。でもね、トクちゃん、決して嘘つきじゃなかったのよ」

「それはまあ、そうでしょう」

「そう。嘘じゃなかった」

森山さんがこちらを向いて足を止めた。クヌギや松、灌木が入り交じって生えている場所で、あたりはいっそう暗い。木々を透かして見る空は真っ赤だ。

「亡くなる一週間ぐらい前かな。夜ね、私の部屋でいっしょにココアを飲んでいたら、トクちゃんが話しだしたの。不思議な体験をしたって」

ワカナちゃんが千太郎のそばに寄ってきた。

「大丈夫よ、ちっとも恐い話じゃないの。トクちゃんの話はね……今ぐらいの時間

にこの散歩道を歩いていたら、初めて声を聞いたというのよ」

「なんの声ですか？」

「木の声だって」

どう反応したらいいかわからず、千太郎は「そうですか」とだけ答えた。ワカナちゃんは千太郎に近付いたまま離れない。

「あんなに小豆の声を聞きなさいって他人に言っておきながら、初めて聞いたんだって。人間以外の声を」

「なんて？」

ワカナちゃんの声がかすれた。

「それが、トクちゃんは笑いながら話すんだけど、あのね……よくがんばったなって」

「木が？」

「そう。トクちゃんが歩く度に、このあたりの木がみんな喋るんだって。よくがんばったな、やり遂げたなって。そんなの初めて聞いたって。私、そのことを話してくれた時のトクちゃんの顔を忘れないの。彼女が若い頃から私は知っていて、ささやかな結婚パーティーにも参加したわ。だけど、あれだけ幸福そうなトクちゃんの

顔は初めて見たの。私ね、トクちゃんとつながってくれたあなたたちにこれはどうしても伝えたかったの。だって、トクちゃん、同情されるような、そんな人生だったわけじゃないのよ。不幸せに終わったわけじゃないのよ。木は本当にささやいたんだと思うの。やり遂げたな、吉井徳江。よくがんばったなって。そう言ったと思うの。だってね」

曲がった指を伸ばすように、あたり一帯を森山さんが手で示した。

「ここね、私たちのうち誰かが亡くなると、一本ずつ木を植えて増やしてきたところなの」

ワカナちゃんが千太郎の背中にくっついた。

千太郎は周囲の木々に目を走らせた。

この一本一本が、ここで人生をやり遂げた人たちの、命の証であったのだ。

「もう暗くなってきたけど……トクちゃんの木はそれよ」

すぐ近くに土が盛ってあり、苗木が植えられていた。

「みんなで話し合って、ソメイヨシノを植えたの。トクちゃん、桜好きだったからね。愛知の新城というところの近くで育ったらしくて。そこの桜が素晴らしいんですって。もう一度あの桜が見たいって、よく言ってたもの。それでね、その後ろの

ブナの木が、トクちゃんの旦那さんが亡くなった時に植えたものなの」

千太郎は背中のワカナちゃんと二人で、なにも言わずに木々を見ていた。風が抜ける度に枝葉が触れ合い、森はざわざわと音を立てる。

耳を澄ましなさい、という徳江の声がすぐ近くから聞こえてくるようだった。

千太郎は苗木に一歩近付いた。新たな命にそっと手を這わせた。

「徳江さん」

千太郎は苗木の枝を指先で撫でた。

すると、背後にいた森山さんが、「まあ」と驚いたような声を発した。千太郎は森山さんが見ている方向に目をやった。

雑木林の向こうに柊の垣根のシルエットがあった。そして、ちょうどそこから生まれ出たかのように、澄んだ色の、まん丸な月が浮かんでいた。

ワカナちゃんも、「ああ」と声を漏らした。

風が木々を揺らすと、枝葉によって月は隠れたり切られたりした。それでも満月の光は律動しながら千太郎たちに届いていた。

千太郎は苗木の方を向き、「月が出ましたよ」とささやいた。

解説　丁寧に炊きあげられた「あん」の幸福感

中島京子

文庫の解説を、という依頼をいただいて、あらためて読み返し始めた。桜を背景にして、主人公の千太郎と吉井徳江が出会う冒頭の場面で、初めて読んだ時の幸福感を思い出し、心が温まってくる。

ぱっとしない中年男と、指のひんまがった老女の物語だ。女子中学生のワカナちゃんの存在が花を添えていないとは言わないが、物語の推進役としてはずいぶん地味な人々に思える。それなのに、この小説は艶っぽい。それは、丁寧に、丁寧に炊きあげられる、あんの艶やかさに通じる。「光るがままに炊かれている」小豆。あんから立ち上る「角のとれた深い香り」。丸く焼き上げられた生地に挟まれて、それはふっくらしたどら焼きに変身する。なんともいえず、おいしそうだ。いや、つまり、おいしい読み心地だ。

シャッターの目立つ商店街にある「つぶれはしないが、決して賑わうこと

のない」どら焼き店「どら春」に、一人の老女がやってくる。アルバイト募集の貼り紙を見て、自分を雇ってくれないかというのだ。老女はお手製の絶品あんを、雇われ店長の千太郎に差し出す。映画「タンポポ」を思わせる、どら焼き屋再生物語がスタートする。老女があんを作るようになると、「どら春」の売り上げは伸び始める。初めての完売御礼も出る。

こうして順調に見えた「どら春」の経営だったが、ある日を境に客が減ってしまう。指が折れ曲がり、左右の目の大きさの違う老女・徳江が、ハンセン病患者だという噂が流れたのだ。たしかに彼女はハンセン病の療養施設に暮らしていた。何十年も前に彼女の病気は完治し、ハンセン病じたいが現代医療で簡単に治癒するものとなり、施設に暮らすすべての人が快復者であるというのに、長い隔離の歴史を生きた徳江たち元患者は、いまも偏見から自由ではなかったのだ。

ハンセン病。かつては「らい病」と呼ばれ、罹患した人だけでなくその家族にもひどい偏見の目が向けられたという病気だ。患者を一般社会から隔離することを定めた「らい予防法」が廃止されたのはほんの二十年ほど前、一九九六年のこと。病気じたいは過去のものとなっても、それぞれの元患者た

ちに流れた時間の重みが取り払われるわけではない。

かつてこの国で何が行われていたのか、偏見をなくすには何が必要なのか。読者一人ひとり、この国に暮らすすべての人が、知らなければならない、考えなければならないことだ。私自身、この小説を読むまでは、療養施設で暮らす元患者らが、どんなふうにその長い時間を生きたか、どうやって自分自身の中にすらある偏見と向き合い、どうやって心の豊かさと尊厳を保って暮らしたかをまるで知らなかった。徳江が、あん作りを学んだ療養所「製菓部」のエピソードは、著者のしっかりした取材に依拠しているという。

この小説のすごいところは、つらい記憶を持つ元ハンセン病患者の老女と対峙するのに、なんともいえずダメダメな中年男を配したところにある。

主人公の千太郎は、どちらかといえば社会不適応ぎみの人物で、ちっぽけな大麻所持事件にからんで塀の中にいたこともある前科者だ。出てきたときには母親も死んでいて、借金だけが残っており、どら焼き屋のオーナーに借りを返すためにだけ「どら春」で働いている。千太郎が徳江を雇った理由は、あんの旨さと「時給二百円」という徳江が提示した破格の条件だった。一日も早く借金を返して自由になりたい千太郎は、「婆さんはゴミみたいな時給

で特上の粒あんを作ってくれる。これがチャンスでなくて、なにがチャンスなのか」と思う、自己中心的な男である。自分はここまでダメではないと思うのだが、読み進むと、「どちらかといえば自分は、千太郎だな」と思えてきた。

悲しいハンセン病体験を知っても、人間、なかなか、元患者のつらさにぴたっと寄り添うのは難しい。頭で理解しようとしても、腹の底がついていかないような感覚が残る。自分の中にもあるかもしれない偏見と向き合うのもしんどい。そのかわりに、どこかしら、弱さ、ダメさをかかえて生きている人間として、私はいつのまにか千太郎の心の動きに気持ちを合わせていった。千太郎はたしかに立派な人物ではないのだけれど、自分自身が外れ者なだけに、根拠のない偏見を持たないという長所がある。絶品のあんを作ってくれる徳江を、元患者だからといってクビにすることはできない。まあ、体を張って徳江を守るほどの漢気はなく、結局、徳江は身を引くようにして店を辞めていくのだけれども。

そんな千太郎がワカナちゃんといっしょに徳江を訪ねて、恐る恐る療養施設に足を踏み入れることで、私は彼といっしょに、徳江の物語に出会った。

十四歳で家族と引き離され、施設に隔離された少女の哀しみ、後遺症を抱えた入所者たちを見て自分もああなるのかと想像する恐怖、死の誘惑、そして夫との日々、「製菓部」との邂逅、あんを作り続けた五十年の歳月に。千太郎が療養施設で味わう戸惑い、気おくれ、恥じらいは、私自身のものに感じられた。千太郎の耳を通して、徳江の過去の背後に流れているいくつもの声、偏見の中、長い時間を隔離されて生きていた元患者たちの声が、ようやっと自分自身に入ってくるような気がした。

徳江には独自の哲学があって、人が生まれてきた意味は、この世を観るため、聞くためだと言う。人はどんな人でも、他人の役に立たなくても、生まれてくる意味はある。「その子なりの感じ方で空や風や言葉をとらえるため」に人は生まれる。というよりも、「その子が感じた世界は、そこに生まれる」のだと。

そうであるならば、千太郎が徳江の話に耳を傾け、彼女の手紙を読み、彼女の「あん作り」を受け継ごうと決めたとき、吉井徳江が生まれた、とも言えないだろうか。千太郎は、徳江に出会うことによって、生まれた意味を獲得し、徳江は千太郎に存在を知られることによって、生きた証を残すことに

なる。

　最初に、この小説を読んだとき「幸福感」を得た、と書いた。その幸福感の源は、私たちがこの物語を読むこと、知ること、そのものが、生きる意味につながり、誰か別の人の生きる意味にもつながっているという感覚を得られることではないかと思う。

　千太郎といっしょに、徳江の過去の物語に触れた後には、読者は彼に生じる変化をすんなり信じることができるし、そうした変化が私たち自身にも起こりうることを、信じる気持ちにもなってくる。

　小説は草花の芽吹く春で始まり、春で終わる。読み終わった後は、ちょっと塩味をきかせた甘い物が食べたくなり、心地良い春の風に吹かれたくなる。

（作家）

この作品は、二〇一三年二月に小社より刊行したものです。

あん

ドリアン助川

2015年4月5日　第1刷発行
2017年9月7日　第9刷

発行者　長谷川 均
発行所　株式会社ポプラ社
〒一六〇-八五六五　東京都新宿区大京町二二-一
電　話　〇三-三三五七-二二一二（営業）
　　　　〇三-三三五七-二三〇五（編集）
振　替　〇〇一四〇-三-一四九二七一
ホームページ　www.poplar.co.jp
フォーマットデザイン　緒方修一
印刷・製本　中央精版印刷株式会社

N.D.C.913/260p/15cm
ISBN978-4-591-14489-3
落丁・乱丁本は送料小社負担でお取り替えいたします。
小社製作部宛にご連絡ください。
製作部電話番号　〇一二〇-六六六-五五三
受付時間は、月～金曜日、9時～17時です（祝日・休日は除く）。

多摩川物語

ドリアン助川

映画撮影所の小道具係の隆之さん、客の少ない食堂で奮闘する継治さん、月明かりのアパートで母をしのぶ良美さん……。多摩川の岸辺の街を舞台にくりひろげられる人生ドラマ。名もなき人びととの輝ける瞬間をえがく連作短篇集。

ハブテトル　ハブテトラン

中島京子

「ハブテトル」とは備後弁で「すねている」という意味。母の故郷・広島県松永の小学校に通うことになった小学5年生の大輔は、破天荒な大人や友達と暮らす中で「あること」に決着をつけようと自転車で瀬戸大橋を渡る。直木賞作家唯一の児童文学！　解説／山中恒

みつばの郵便屋さん

小野寺史宜

郵便配達員の平本秋宏には年子の兄がいて、今やちょっとした人気タレント。一方、秋宏は顔は兄とそっくりだが、性格はいたって地味、なるべく目立たないようにしているのだが……。「あれ、誰かに似ていない？」季節を駆けぬける郵便屋さんがはこぶ、小さな奇蹟の物語。